여연스님의 동다송 이야기

추사 적거지 차 울타리에서

여연스님의 동다송 이야기

초판 1쇄 발행 2023년 5월 30일

지 은 이   효서여연 · 나웅인 ⓒ 2023

펴 낸 이   김환기
펴 낸 곳   도서출판 이른아침
주   소   경기 고양시 덕양구 삼원로 63 고양아크비즈 927호
전   화   031-908-7995
팩   스   070-4758-0887
등   록   2003년 9월 30일 제313-2003-00324호
이 메 일   booksorie@naver.com

ISBN 978-89-6745-145-5 (03810)

여연스님의

동다송

東 茶 頌

이야기

효서여연·나웅인 **지음**

동다송 이야기를
시작하며

눈부신 초록, 남녘 보리밭을 스쳐온 바람에 달콤한 차향이 묻어 있다. 꽃향기와 차향이 우리네 지친 삶을 포근하게 보듬어주는, 5월은 생(生)을 꿈꾸게 하는 계절이다. 삶의 열락과 신묘함을 고스란히 품고 있되, 오롯하고 미묘한 것으로는 햇차의 색향미 만한 것이 없다. 5월은 그래서 차의 계절이요 차를 사랑하는 이들의 한철이다.

이번 책을 통해 나는 우선 우리 차문화와 역사가 얼마나 유장하고 깊은지 말하고 싶었다. 그래서 강조한 인물이 신농씨(神農氏)다. 나와 함께 이번 책의 집필에 참여한 나웅인 원장은 신농을 전설상의 인물로 여기는 과학적 입장을 견지하고 있지만, 필자는 엄격한 자연과학이나 분석적인 학문이 아니라 다소 느슨하긴 하지만 인문적 입장에서 신농에 접근하고자 하였다. 그런데 이런 입장에 선 사람은 나 혼자만이 아니다. 우선 《차 문화 유적 답사기》(상중하)로 유명한 청암 김대성 차인이 있다. 그는 여러 논문과 책들을 통해

낙빈기라는 중국 금문학자가 《금문신고(金文新考)》를 통해 밝혀낸 흥미진진한 역사 이야기들을 전하고 있다. 이에 따르면 신농은 전설상의 인물이 아니라 역사적으로 실존했던 인물이며, 우리 동이족의 조상이 바로 신농이라고 한다. 낙빈기의 제자이자 김대성 차인에게 〈금문신고〉의 존재를 알려준 소남자 김재섭도 같은 입장으로, 신농은 설화적인 인물이 아니라 실제 역사적 인물이고 기존의 사학계에서 신화시대의 허구적 인물로 간주하는 삼황오제 역시 신화가 아니라 실제로 존재했던 인물들이라고 한다. 신농, 황제, 요임금, 순임금이 모두 역사시대를 살았던 실존 인물이라는 것이다. 아울러 중국 역사의 첫 장을 연 인물은 황제(黃帝)가 아니라 동이족의 수장 신농(神農)이라고 한다. 낙빈기 등의 이런 연구결과는 중국이 신화로 간주하는 4,500년 전의 시대를 명백한 역사의 시대로 증명해 보였고, 중국 역사학계에 소용돌이를 일으켰다. 하지만 안타깝게도 이런 연구는 발표의 기회가 제한되고, 심지어 이미 나왔던 책까지 회수되는 등 중국에서 설 자리를 찾지 못하고 있다. 동북공정에 골몰하는 와중인데, 동이족의 조상이 중국의 문명을 건설했다는 사실이 역사학계의 정설로 자리 잡도록 그냥 둘 수가 없는 것이다. 하지만 우리의 입장은 이와 판이하고, 그것이 정상이라고 나는 믿는다. 결론적으로 보면, 우리 민족(동이족)은 한족과 함께 삼황오제 시대를 이끌었고, 문자 역시 우리 민족이 처음 만들었다고 할 수 있다. 이것이 가장 오래된 문자인 금문이 우리에게 전하는 메시지다. 또 중국의 삼황오제 시대가 다름 아닌 고조선 119년의 역사시대와 동일하다는 전제 하에, 우리 상고사 역시 다시 재구성해야 할 필요성이 있다.

이렇듯 다소 장황하게 신농과 동이족 이야기를 꺼낸 까닭은, 동이족 수장 신농이 차를 처음 마셨으니 당연히 우리 차의 기원도 거기서 찾아야 한다는 얘기를 하고 싶었기 때문이다. 이런 얘기를 하필이면 초의스님의 《동다송

《東茶頌》해설서 첫머리에서 깨낸 이유 역시 '동다송'이라고 할 때의 '동(東)'이 곧 동이족(東夷族)을 의미한다는 얘기를 상기시키고 싶었기 때문이다. 이렇게 '동다송'의 '동'을 '동이족'의 의미로 읽으면, 그동안 보이지 않던 많은 것들이 새로 보이고 읽히게 될 것이다. 이 책에 그런 의미들을 충실히 담아보려고 했지만, 결과적으로 흡족하지는 못하다는 아쉬움이 있다.

이번 책의 두 번째 목표는 《동다송》을 최대한 쉬우면서도 정확하게 읽어보자는 것이었다. 사실 《동다송》은 이미 많은 학자와 차인들에 의해 해석과 해설이 이루어져 왔다. 내가 찾아낸 본격적인 연구서만 26권에 이를 정도다. 《동다송》에 관한 일반논문과 학위논문 역시 다 헤아리기 어려울 정도로 많이 나오고 있다. 그런데 《동다송》을 해석하고 연구하는 여러 텍스트나 논문들을 보면 해석이나 주장이 모두 제각각이다. 물론 학문 연구라는 영역에도 저마다의 주관적인 견해는 당연히 있을 수 있다. 하지만 객관적인 사실이 주관보다는 앞서야 한다. 이는 너무나 당연한 학문적 태도일 것이다. 그럼에도 불구하고 여전히 많은 연구자들이 근거도 없는 주장을 나열하거나 객관적이지 못한 설명들을 내놓고 있다. 이에 우리 두 저자는 이번 책을 통해 기존의 연구성과들 가운데 주목해볼 가치가 있는 주장들을 비교 분석하면서 살펴보고자 했다. 그 과정에서 《동다송》의 다양한 이본들을 비교해볼 필요성이 제기되었고, 이번 책을 통해 실제로 이 과업을 수행해보려고 했다. 제1부의 제1장에 이런 노력의 결과가 어느 정도는 반영되어 있다고 믿는다. 본문에서 후술하겠지만, 우리 학계에는 석오본과 석경각본이 사로 다른 전사본이라는 잘못된 상식이 통용되고 있다는 점도 여기서 지적해두고자 한다. 1851년 전사된 석오본(石梧本)과 석경각본(石經閣本)은 하나의 판본인데, 서로 혼동하여 둘로 보기도 하고 서로 다르게 부르기도 하는 것이다.

여연스님의 해남 반야다원의 봄(2023년 청명)

청사 안광석 선생의 〈효서여연〉. 정사(丁巳)년이던 1978년 초, 필자의 스승인 효당스님의 다솔사 죽로지실에서 스님께 새로운 호를 받았고, 이를 청사 선생이 글씨로 써주셨다.

1837년 초의스님은 홍현주의 의뢰로 '동다행(東茶行)'이란 제목으로 글을 지어 보냈다. 그러나 오자(誤字)가 많아 그 후 변지화(卞持和)가 초의스님에게 다시 수정하고 정리해서 보내주기를 청하였다. 이에 초의스님이 다시 정리하여 석오 윤치영에게 부탁하여 정서한 것이 이 전사본이다. 이 판본 제목 아래에 있는 부기(附記)는 초의스님의 친필로 전해진다. 그리고 이 전사본에는 대부분의 다른 전사본에 나타나는 신헌구(申獻求)의 제시(題詩)가 없다.

이 책 제1부 제2장의 '한글 동다송'은 최대한 의역하지 않고 원문 그대로를 충실하고 쉽게 우리말로 옮긴 것이다. 이 부분만 잘 읽어도 《동다송》의 핵심내용과 가치를 충분히 음미할 수 있을 것이다. 1부의 두 개 장에서 못다 한 《동다송》 관련 논의는 제2부에 실었다. 초의스님의 삶과 저술 관련 이야기, 그리고 《동다송》의 몇몇 전사본들에 대한 검토가 핵심내용이다.

제3부는 현대인을 위한 차 이야기로 꾸몄는데, 이 책의 공저자인 한의사 노주 나웅인 원장이 쓰고 내가 읽어본 글들이다. 나 원장의 호인 노주(蘆洲)는 청사 안광석 선생이 내려주신 것으로, 영산강이 흐르고 갈대숲이 무성한 그의 고향 나주에서 한의사를 하되 고전을 읽고 차나 마시며 살라는 뜻이 담긴 이름이다. 몇 편의 주옥같은 글들을 모았는데, 특히 우리 차계에서 논란이 되는 부분들에 대한 나 원장의 한의학적이고 과학적인 분석이 담긴 글들이다. 노주 차인은 그의 서문에서 밝혔듯이 오랜 차 생활을 해온 한의사이다. 대학을 졸업하고 잠깐 서울의 한복판 종로거리에서 홍인한의원을 내고 여러 지인들과 차 생활을 즐기며 살았다. 그때 우리는 정산 한웅빈 선생을 모시고 차문화고전연구회를 만들어 중국의 차 고전인 육우의《다경(茶經)》에서부터 휘종의《대관다론(大觀茶論)》, 허차서의《다소(茶疏)》, 장원의《다록(茶錄)》, 모환문의《다경채요(茶經採要)》등 그야말로 중국의 고전을 다 탐독하고 연구하였다. 필자 외에 노주 나웅인, 선혜스님(불교전통문화연구원), 과연 박희준(반야다회), 고세연(명산차회), 한영순(한일병원), 김용자(국향다회), 정옥희(예지원), 오명희(한국주부클럽) 차인 등이 참여한 모임이었다. 우리의 일 가운데 가장 의미 있는 일은 서울대학교 규장각에서《만보전서》를 찾아낸 것이다. 또 그 당시(1979년) 정산 선생의 하월곡동 정산다실(晶山茶室)에서 전설적인 중국의 차들을 품평하고 관찰하는 공부를 했는데, 이는 그야말로 오늘날 차 품평회의 단초가 아니었던가 싶다.

　3부에 실린 글들 가운데 1장의 '구증구포(九蒸九爆)' 이야기는 명쾌하고 명쾌할 뿐이다. 이 구증구포 관련 이야기는 나도 누누이 얘기한 것이다. 어찌 한 번도 찌지 않았으면서 아홉 번이나 쪘다는 것인가. 구증구포의 한자 뜻은 무엇인가. 아홉 번 찌고 아홉 번 말렸다는 뜻인데, 포(爆) 또한 초청(炒靑)

한 것인지 쇄건(曬乾)한 것인지 살청(殺靑)한 것인지나 알고 하는 말인지, 너무나 황당하고 당혹스럽기까지 하다. 자기 차를 홍보하고 선전하여 소비를 많이 시키겠다는 차 장사하는 분들이 이런 주장을 하는 것이라면 그나마 이해가 되지만, 일생 차를 연구했다거나 대학에서 차 강의를 한다는 일부 학자들조차 구증구포가 옳다는 식의 주장을 하니 어안이 벙벙할 뿐이다. 게다가 다른 차도 아니고 우리 덖음 녹차를 두고 이런 주장을 하니 더욱 어이가 없다. 차란 자고로 오롯한 색향미가 골고루 스며있어야 명품이 된다. 중국의 용정이나 황산모봉, 벽라춘 같은 명차들이 구증구포 차인가. 잘 새겨볼 대목이다.

오늘날 상식처럼 통하는 이야기 중에 다산이 초의스님에게 제다를 가르쳤다는 이야기도 3부에서 다루었다. 이 논란 또한 사실 허무맹랑한 것이다. 다산이 초의에게 차 만드는 법을 가르쳤다는 내용이 어느 문헌에 나오는가. 이런 주장이 근거가 없음을 이번 책을 통해 명백히 밝히고자 하였다. 혹여 다산이 초의에게 차를 가르쳤다는 내용이 적힌 문헌이나 자료가 확실하게 있다면, 이후에라도 밝혀주시기를 여러 학자 제현들께 부탁드린다.

책이라는 것을 쓰고 인쇄하고 나면 무엇인가 빠지고 연구가 잘못되고 허점투성이가 되는 것이 상례이다. 이 책의 내용들은 구체적으로 어느 누구를 반박하자는 것이 아니다. 그저 자료와 문헌에 충실히 따르고자 했고, 무엇보다 차에 대한 일반인들의 오해를 줄여보자는 목표에 중점을 두었다.

차는 내 생에 있어서 늘 최고의 벗이자 영혼의 갈증을 달래주는 반려이다. 외롭고 힘들 때, 일이 어긋날 때, 세상사 잘 안 풀릴 때, 어찌 산속에 사는 승려라고 해서 얽매임이 없고 아픔이 없겠는가. 말은 늘 자유롭고 생생하다지만, 세상 바깥이나 안이나 똑같은 것이다. 추사가 초의에게 던졌던 한마디 말을 떠올려보자. "비록 고요하고 고요한 적막강산 산중에 살아도 네 마음 시끄럽고 혼잡스러우면 그곳은 저잣거리 시장바닥이요, 시끄럽고 악다구니 쓰는 세상에 살면서도 네 마음 고요하고 정결하면 그곳이 곧 산중 아니겠는가."

그렇다. 각자 차를 하고 연구하고 음다음향 하며 그 세월의 두께가 시루떡만 해졌더라도 우리 모두 차 한잔 제대로 마시고 있는지 돌아볼 일이다. 다시 말해 오늘 우리는 정말로 초의스님의 알가를 마시고 있는 것일까? 이것이 우리 모두에게 주어진 오늘의 화두다.

이 책이 나오기까지 우리 공저자 두 사람 외에 여러분들의 도움이 있었다. 특히 과연(果然) 박희준, 여설(如蔎) 유동훈, 소연재 홍소진, 운설(澐蔎) 차인의 도움이 컸다. 부산대 이병인 교수와 대구의 겸재 전재인 차인은 몇 장의 사진을 제공해주었다. 지면을 빌어 감사의 인사를 전한다. 또 어려운 출판 환경에도 기꺼이 책의 출간을 맡아 물심양면 고생한 이른아침의 김환기 사장에게도 이 자리를 빌어 감사의 뜻을 표한다. 독자 제현 모두 차 한잔의 기쁨으로 충만한 하루하루 되시기를 진심으로 기원한다.

2023년 봄

효서 여연

책머리에 붙여

나웅인

싱그러운 녹차 향 가득한 계절입니다.

1978년. 지금처럼 찻잎 피어나던 아름다운 봄날! 저는 경희대학교 선다회(仙茶會)에서 제 삶의 평생 동반자가 되어준 차(茶)의 세계를 만났습니다. 그 길에는 저희를 지도해주시고 항상 반갑게 맞아주시던 많은 스승이 계셨습니다. 효당 최범술, 청사 안광석, 정산 한웅빈, 은초 정명수, 청남 오제봉 선생 등 젊은이가 차를 마시고 싶다면 언제고 반겨주시며 책에서만 보던 좋은 차를 기꺼이 내주시던 선생님들입니다. 그리고 우리를 앞장서서 지도해주시던 여연스님, 용운스님, 선혜스님 등 셀 수 없이 많은 선각이 우리 앞을 걸어가시며 온 세상을 싱그러운 차 향기로 가득 채워주셨습니다. 특히 여연스님께서는 70~80년대 대학생 차 문화 운동에 앞장서서 전국대학생다회연합회를 만들고 매년 학술대회를 개최하여 오늘날 기성세대 차문화의 초석이 될 수 있게 하셨습니다.

이렇게 좋은 분들과 다연(茶緣)을 맺는 행운을 누린 저는 현재 차를 전공하는 학자가 아니고 대학 시절부터 지금까지 차 마시기를 좋아하며 공부하는 한의사입니다. 저는 대학 졸업 후 기성 차 학회나 모임과는 거리를 두고 관망하며 홀로 차 생활을 즐기는 사람이었습니다. 그렇지만 옛날 학창시절부터 차로 인연을 맺은 분들과의 차 모임, 그리고 일상의 차 생활과 공부는 항상 함께하며 살아왔습니다.

　여러 선생님들 중 여연 대종사 스님은 저에게는 45년 이상의 다연이 얽힌 큰 스승님이시고 지금도 계속 가르침을 주시는 분입니다. 그 인연의 끝자락에서 오늘 여연 큰스님의 가르침에 힘입어 차 이야기 한 구절을 펼쳐봅니다.

　이번 초의차문화연구원 명송다회(茗松茶會) 차 공부 모임에서 여연 대종사 스님과 함께 《동다송(東茶頌)》(다송자본)을 다시 강독할 기회가 있었습니다. 그런데 다도의 중요한 교과서 중 하나인 《동다송》은 여러 번 읽어도 그 내용이 잘 정리되지 않고, 주석을 해주신 선생님들의 어렵고 장황한 해설은 항상 우리를 더욱 혼돈스럽게 만들곤 하였습니다. 따라서 이번 《동다송》 강독 후 여연스님께서는 수없이 읽어도 "이것이 《동다송》이다." 하고 말하기 힘이 드니, 이 기회에 누구나 쉽게 한 번만 읽어도 "《동다송》은 이런 이야기구나." 하고 알 수 있게 책으로 정리를 해보자고 하셨습니다.

　먼저 큰스님의 지도로 다양한 판본을 비교하여 문헌적 고찰을 하였습니다. 이 부분은 여러 종류 판본들의 차이점을 알고 싶은 전문가들을 위한 부분입니다. 그러니 학자가 아닌 일반인들은 "이렇게 공부하는가 보다." 하시고 그냥 지나치셔도 좋습니다.

　그리고 《동다송》의 원문을 한글로 읽고 한글로 쉽게 풀어 놓았습니다. "어떻게 하면 차 공부를 하는 차인들이 《동다송》을 쉽게 이해할 수 있을

까?" 하는 여연스님의 발원이 가득한 부분입니다. 이 부분을 여러 번 읽으시면 《동다송》의 본뜻에 가장 쉽게 다가서실 수 있는 좋은 방법이 될 것이라 생각합니다.

나아가 현재 차 공부를 하는 데 있어 다양한 의견이 제시되는 몇 가지 논점들을 분석해 보았습니다. 차 제법에서의 구증구포(九蒸九曝) 문제, 차의 오미(五味) 문제, 차의 성질이 냉(冷)하다는 주장, 다산이 초의에게 제다를 가르쳤다는 주장, 그리고 차를 달이는 물 이야기인 품천(品泉) 등이 그것입니다.

많은 책을 쓰신 여연 큰스님과는 달리 저는 처음 쓰는 글이라, 비록 적은 부분이지만 제 손길이 미친 여러 부분에 부족함이 많습니다. 선배님들이나 다우(茶友)님들의 보살핌과 질책을 부탁드립니다.

이 책 속에서 소근대는 이야기가 차벗님들의 삶에 향기 가득한 한 줄기 봄바람이 되었으면 하는 바람을 전합니다. 감사합니다.

2023년 봄
蘆洲書樓에서 나옹인 올림

목차

시작하며

동다송 이야기를 시작하며 | 여연   4

책머리에 붙여 | 나웅인   12

제1부

《동다송》 원문과 해설

제1장 《동다송》 원문과 해설   19

제2장 한글 《동다송》   136

제2부

초의스님과 《동다송》

제1장 초의스님 행장   161

   1. 탄생 및 유년시절   162

   2. 출가(出家) 및 득도(得道)   162

   3. 다산과의 만남   164

   4. 추사와의 만남   168

   5. 일지암 건립   168

   6. 《다신전》과 《동다송》을 쓰다   170

   7. 추사의 제주 유배   175

   8. 생의 저녁 무렵   180

   9. 입적(入寂)   180

   10. 스님을 기리는 일들   181

제2장 《동다송》의 원본과 전사본   185

   1. 다예관본(茶藝館本)   187
   2. 석오본(石梧本), 석경각본(石經閣本)   189
   3. 경암등초본(鏡菴謄抄本)   190
   4. 다송자본(茶松子本)   192
   5. 채향록본(採香錄本)   192
   6. 법진본(法眞本)   194
   7. 기타 전사본들   195

제3부
현대인을 위한 차 이야기

제1장 차에 관한 오해와 진실   199

   1. 차의 기원 문제와 《신농본초경》   200
   2. 구증구포(九蒸九曝) 이야기   206
   3. 차에는 오미(五味)가 있다?   214
   4. 차가 우리 몸을 냉(冷)하게 한다?   218
   5. 다산이 초의에게 차 만드는 법을 가르쳤다?   226
   6. 초의스님은 무슨 차를 만들었을까?   248

제2장 품천(品泉)   259

   1. 중국 다서의 품천   260
   2. 《동의보감》과 《임원경제지》의 품천   268
   3. 우리 다서의 품천   284
   4. 이 시대에 차 달이기 적합한 물   290

에필로그
Ⅰ. 왜 차를 마셔야 하는가?   296
Ⅱ. 오늘 과연 우리는 초의의 차를 마시고 있는가?   302

《동다송》 관련 주요 연구해설서 목록(시대순)   320

제1부

《동다송》원문과 해설

제1장

《동다송》 원문과 해설

《동다송》원문과해설

承海居道人命作
승 해 거 도 인 명 작
해거도인의 명을 받들어 짓다.

- 초의스님이 홍현주에게 쓴 편지 〈상해거도인서(上海居道人書)〉에 "근자에 북산도인의 말씀을 들으니, 다도에 대해 물으셨다더군요. 마침내 옛사람에게 전해오는 뜻에 따라 삼가 《동다행(東茶行)》 한 편을 올립니다[近有北山道人承敎 垂問茶道 遂依古人所傳之意 謹述東茶行一篇以進獻]."라 했다. 즉 처음 이름은 '동다행'이었고, 홍현주의 부탁에 따라 지어진 것을 알 수 있다. 석경각본에는 '海居道人(해거도인)'이고 다예관본과 다송자본에는 '海道人(해도인)'으로 나와 있다. 석경각본에 따른다.

海居道人 垂詁製茶之候 遂謹述東茶頌一篇以對
해 거 도 인 수 힐 제 다 지 후 수 근 술 동 다 송 일 편 이 대
해거도인께서 차 만드는 일을 물으셔서 마침내 삼가 동다송 한 편을 지어 올립니다.

草衣沙門意恂
초 의 사 문 의 순
초의 사문 의순

- 이 글은 석경각본(石經閣本)에 나와 있고, 백열록본(栢悅錄本, 일명 다송자본)에는 '승해도인명(承海道人命), 초의사문의순작(草衣沙門意恂作)'으로 되어 있으며, 다예

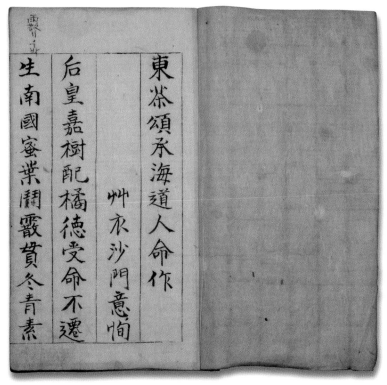

다예관본《동다송》시작 부분

관본에는 '승해도인명작(承海道人命作), 초의사문의순(草衣沙門意恂)'으로 되어 있어 서로 약간씩 다르다. 이는 전사자(轉寫者)들의 생각에 따라 약간씩 차이를 보이는 것으로 판단된다. 여기서는 석경각본을 따른다.

[1] 后皇嘉樹配橘德
후 왕 가 수 배 굴 덕
하늘이 좋은 나무를 귤나무의 덕과 짝 지우니

- 가수(嘉樹) : 신령스러운 나무. 《다경(茶經)》 첫머리의 '차자남방지가목야(茶者 南方之嘉木也)'에서 인용한 것으로 보인다. 《다경》은 〈굴원초사(屈原楚辭)〉 9장 의 '귤송(橘頌)'을 인용하였다.

[2] 受命不遷生南國
수 명 불 천 생 남 국
천명을 받아 옮겨가지 않고 남국에 산다네.

- 불천(不遷) : 명나라 항주 출신 허차서(許次紓)의 《다소(茶疏)》〈고본(考本)〉에 나오는 내용이다. '茶不移本 植必子生 … 今人猶名其禮曰 下茶.' 차는 그루를 옮기지 않고 심으면 반드시 씨를 받는다는 말이다.

[3] 密葉鬥霰貫冬靑
밀 엽 투 산 관 동 청

촘촘한 잎, 눈과 싸워 겨우내 푸르고

- 다예관본 계열(즉, 다예관본과 경암등초본)은 '蜜(꿀 밀)'로 표기되어 있으나 기타 석경각본, 다송자본, 한국불교전서본에는 '密(빽빽할 밀)'로 되어 있다. 촘촘하다는 의미의 빽빽할 밀(密)을 취한다.

- 다산 정약용(茶山 丁若鏞, 1762~1836)은 《아언각비(雅言覺非)》의 〈차(茶)〉조에서 '차는 겨우내 푸른 나무다[茶者冬靑之木].'라 하였다.(김대성,《초의선사의 동다송》, 동아일보사, 53쪽 참조.) 석경각본은 '鬥(싸울 투)', 다송자본과 다예관본 등 기타 전사본은 '鬪(싸울 투)'로 나온다. 내용은 같으나 석경각본을 따른다.

[4] 素花濯霜發秋榮
소 화 락 상 발 추 영

흰 꽃 서리에 씻겨 가을 꽃 피운다네.

[5] 姑射仙子粉肌潔
고 야 선 자 분 기 결

고야산의 신인인가, 분 바른 듯 하얀 살결

- 장자의 《제물론(齊物論)》에 '막고야지산에 신인이 사는데 피부가 빙설같이 희고 마치 처녀같이 곱더라[藐姑射之山, 有神人居焉, 肌膚若氷雪 淖約若處子].'라고 한 대목을 인용하였다.

[6] 閻浮檀金芳心結
염 부 단 금 방 심 결

염부의 단금인 양 황금 꽃술 맺혔구나.

- 염부단금(閻浮檀金) : 차 꽃의 황금빛 꽃술을 말한다. 인도의 염부나무 아래로 흐르는 하천에서 채취한 황금으로, 자줏빛 불꽃 기운을 띤 황금이다. 인도 대승불교 초기의 고승인 용수(龍樹)가 저술한 《대품반야경》을 풀이한 책인 《지도론(智度論)》에 '此洲上有樹林 林中有河 底有金沙 名爲閻浮檀金.'이라는 구절이 있다. '이 큰 땅(염부주) 위에 숲(염부나무 숲)이 있고 숲 가운데 강이 있는데 그 아래에 사금이 있어 염부단금이라 이름하였다.'는 말이다.

[原註]

茶樹如瓜蘆, 葉如梔子, 花如白薔薇,
차 수 여 과 로 엽 여 치 자 화 여 백 장 미

차나무는 과로와 같고, 그 잎은 치자와 같으며, 꽃은 백장미와 같다.

- 과로(瓜蘆) : 본명은 고로(苦露, gaolu) 또는 대엽동청(大葉冬靑, liex latifolia)이니, 즉 고정차(苦丁茶)를 말한다.

心黃如金, 當秋開花, 淸香隱燃云
심 황 여 금 당 추 개 화 청 향 은 연 운

꽃술은 황금 같고 가을이 되어 꽃이 피는데 맑은 향기가 은은하다.

- 왕상진(王象晉)의 《군방보(群芳譜)》 중 〈다보(茶譜)〉에 나오는 '樹如瓜蘆 葉如梔子 花如白薔薇而黃心 淸香隱燃' 부분을 인용했다. 초의가 전사(轉寫)한 《다경(합)[茶經(合)]》 중 '다보소서(茶譜小序)'에도 '樹如瓜蘆 葉如梔子 花如白薔薇而黃心 淸香隱然'으로 되어 있어 《군방보》와 같다.(정민·유동훈, 《한국의 다서》, 김영사, 319쪽 참조.)

[7] 沆瀣漱淸碧玉條
항 해 수 청 벽 옥 조

밤이슬 벽옥 가지 해맑게 씻기고

- 항해(沆瀣) : 밤이슬. 북두칠성의 일곱 별 중 처음에서 넷째까지를 선기옥형(璇璣玉衡)이라고 한다. 이 선기옥형을 북쪽 하늘의 대표적인 우물[紫井, 紫淵, 玉塘, 天淵]이라 하였다. 이 하늘의 우물이 12시가 되면 지구 쪽으로 흐르는 물을 항해(沆瀣)라고 하였다.(김대성, 《초의선사의 동다송》, 동아일보사, 58쪽 참조.)

朝霞含潤翠禽舌
조 하 함 윤 취 금 설
아침 안개 물총새 혀 함초롬 적시누나.

- 다송자본, 석경각본, 한국불교전서본에는 '潤(젖을 윤)'으로 되어 있다. 다예관본, 경암등초본에는 '閏(윤달 윤)'으로 나와 있다. 석경각본의 潤(젖을 윤)을 취한다.
- 취금설(翠禽舌) : 물총새 혀. 찻잎의 생김새가 물총새 혀와 같음을 말한다. 가장 작은 잎은 참새의 혀[雀舌], 조금 큰 것은 까치의 혀[鵲舌], 더 큰 것은 학의 혀[鶴舌] 또는 매 발톱[鷹爪]에 비유. 여기서 취금(翠禽)은 참새처럼 작은 푸른 물총새를 비유.(김대성, 《초의선사의 동다송》, 60쪽 참조.)

[原註]
李白 云 荊州玉泉寺清溪諸山 有茗艸羅生 枝葉如碧玉
이 백 운 형 주 옥 천 사 청 계 제 산 유 명 초 라 생 지 엽 여 벽 옥
玉泉眞公尚采飲
옥 천 진 공 상 채 음
이태백이 이르기를, "형주 옥천사가 있는 청계산 일대에는 좋은 차나무가 많이 자라는데, 그 가지와 잎이 푸른 옥과 같다. 옥천사의 진공스님께서 늘 따서 마신다."고 했다.

- 이백(李白) : 701~762. 사천성 촉(蜀) 땅 창명 사람이다. 자는 태백(太白)이고 당 현종 시기 시인.
- 형주 옥천사(荊州 玉泉寺) : 호북성 상당현 서쪽 옥천산에 있는 절. 취한산이라고도 하는데 선종의 신수대사(神秀大師)가 머물기도 한 곳이다. 5조 홍인의 상족이던 신수대사는 혜능이 6조가 되어 남쪽으로 떠나자 북방으로 가서 선불교를 크게 융성시킨 인물이다. "몸은 깨달음의 나무요, 마음은 밝은 거울의 받침대 같네. 자주 부지런히 털고 닦아서, 먼지가 끼지 않게 해야 하리(身是菩提樹 心如明鏡臺 時時勤拂拭 勿使惹塵埃)"의 오도송을 지었고, 그가 선불교 중흥을 위해 주석하던 곳이 형주 옥천사다.

★ 청계(靑溪) : 모든 《동다송》 전사본에 '靑(푸를 청)'으로 나온다. 그러나 왕호의 《광군방보》에 실린 이백의 시 〈족질인 승려 중부가 선인장차를 준 데 답하여[答族姪中浮贈玉泉仙人掌茶]〉의 서문에는 '淸(맑을 청)'으로 되어 있다.(김명배, 《초의전집》 1, 14쪽 참조.) '淸溪諸山 山洞往往有乳窟'의 구절이 그것이다. 따라서 '靑溪(청계)'는 '淸溪(청계)'로 고치는 것이 합리적일 것으로 여겨진다.

□ 옥천진공(玉泉眞公) : 이백의 시 〈족질인 승려 중부가 선인장차를 준 데 답하여[答族侄中浮贈玉泉仙人掌茶]〉라는 시의 '서문'에 나온다. 옥천진공은 옥천사 주지 진공을 이른다.(김명배, 《한국의 다서》, 탐구당, 29쪽 참조.)

[9] **天僊人鬼俱愛重**
천 선 인 귀 구 애 중
하늘과 신선, 사람, 귀신 모두 깊이 사랑하니

• 석경각본은 '僊(신선 선, 춤출 선)', 기타 판본은 '仙(신선 선)'으로 되어 있다. '僊'은 '仙'의 고자(古字)이다.

[10] **知爾爲物誠奇絶**
지 이 위 물 성 기 절
네 타고남 기이하고 절묘함 알겠구나.

[11] 炎帝曾嘗載食經
염제 증 상 재 식 경

염제께서 진즉 맛 봐《식경》에 실려 있고

- 염제(炎帝) : 삼황오제(三皇五帝) 중 농사의 신으로 알려진 신농씨(神農氏)를 일
  컫는다. 음다의 창시자이자 동이족의 조상이고 최초의 문자 창제자이다.
- 食經(식경) : 당나라 이적(李勣)의 《신수본초(新修本草)》에 《신농식경(神農食經)》
  에서 인용했다는 언급이 있으나, 이 책의 실물은 전하지 않는다. 《신수본초》
  에서는 차에 대해 '익주의 개천 골짜기나 산, 언덕, 길가에 난다. 겨울을 이겨
  내고 죽지 않는다. 삼월 삼짇날 따서 말린다.'라고 하면서 그 출전으로 《신농
  식경》을 들었다.(김대성, 《초의선사의 동다송》, 65쪽 참조.)

[原註]

炎帝食經云 茶茗久服 (令)人有力悅(令)志(云)
염 제 식 경 운 차 명 구 복 (령) 인 유 력 열 (령) 지 (운)

염제의 《식경》에 이르기를, "차를 오랫동안 복용하면 사람으로 하여금 힘이
나고 마음을 즐겁게 해준다."고 하였다.

- 《다경》〈칠지사〉의 '神農食經(신농식경) 茶茗久服(차명구복) 令人有力悅志(영인
  유력열지)'라고 한 부분을 인용하였다. 따라서 '人(인)' 앞에 '令(하여금 령)'이 들
  어가야 한다고 본다.
- 다송자본, 석경각본, 한국불교전서본에는 '悅(기쁠 열)'로 되어 있다. 다예관본,
  경암본에는 '恍(황홀할 황)'으로 나온다. 이는 전사(轉寫)하는 이가 간략하게 쓴
  '悅'을 '恍'으로 잘못 읽었기 때문으로 보인다. 따라서 '悅'로 쓰는 것이 바람직
  하다고 여겨진다. 《다경》〈칠지사(七之事)〉에도 '神農食經 茶茗久服 令人有力
  悅志'로 되어 있다.
- 다송자본에만 '云(운)'이 들어있고 다른 전사본에는 없다.

중국 운남 대설산의 쓰촤오 다원 고차수

醍醐甘露舊傳名

제 호 감 로 구 전 명

제호, 감로, 그 이름 예부터 전해오네.

- 제호(醍醐) : 우유나 양젖을 가공해서 만든 음료.
○ 감로(甘露) : 달콤한 이슬로 천하가 태평하면 하늘이 내려주는 상서로운 기운. 여기서는 차(茶)를 말한다.

[原註]

王子尙 詣曇濟道人 于八公山

왕 자 상 예 담 제 도 인 우 팔 공 산

왕자상이 팔공산에 있는 담제도인을 찾아갔다.

- 왕자상(王子尙) : 김대성과 류건집은 '왕자, 상'으로 나누어 읽고, '왕자'를 남송(南宋) 효무제(孝武帝)의 여덟째 아들, '상'을 둘째 아들이라고 보았다. 반면 박동춘, 정민·유동훈, 김명배는 '왕자상'을 한 단어로 읽고, 이는 효무제의 둘째 아들이라고 하였다. 이 부분은 《다경》의 〈칠지사〉에서 인용한 것으로, 원문에는 '宋錄 新安王子鸞, 豫章王子尙, 詣曇濟道人於八公山.'이라 되어 있다. 이에 따르면 담제도인을 찾아간 것은 '신안왕(新安王) 자란(子鸞)'과 '예장왕(豫章王) 자상(子尙)' 두 사람이다.
○ 담제도인(曇濟道人) : 다예관본, 다송자본, 경암본, 한국불교전서본에는 '운재도인(雲齋道人)'으로, 석경각본(石經閣本)에는 '담제도인(曇濟道人)'으로 나온다. 《다경》 〈칠지사〉에는 '宋錄 新安王子鸞, 豫章王子尙, 詣曇濟道人於八公山, 道人設茶茗, 子尙味曰 此甘露, 何言茶茗.'으로 되어 있다. 석경각본의 '담제(曇濟)'가 옳다.
* 팔공산(八公山) : 안휘성 봉대현(鳳臺縣) 남쪽에 자리한 비수(肥水) 북쪽 산.

道人 說茶茗 子尚味之曰 此甘露也
도인 설차명 자상미지왈 차감로야

도인이 차에 대해 설명하자 자상이 맛보고 이르기를 "이것은 감로입니다."라 하였다.

- 설차명(設茶茗) : 석오본과 다예관본, 경암본, 한국불교전서본은 '설차명(設茶茗)'으로 나오고 다송자본은 순서가 바뀌어 '설명차(設茗茶)'로 나온다. 이는 다송자본의 오류로 보이나 전체적인 해석의 차이는 없다. 설차명(設茶茗)으로 한다.

羅大經 瀹湯詩
나대경 약탕시

나대경은 〈약탕시〉에서

- 나대경(羅大經) : 남송(南宋) 길주(吉州) 사람. 자는 경윤(景綸), 호는 유림(儒林) 또는 학림(鶴林)이다. 《학림옥로(鶴林玉露)》를 지었다.
- 약탕시(藥湯詩) : 나대경의 《학림옥로》 중 〈다병탕후(茶瓶湯候)〉에 수록된 시에 초의스님이 붙인 제목.

松風檜雨到來初 急引銅瓶離竹爐
송풍회우도래초 급인동병이죽로

"솔바람, 전나무 빗소리 들려오기 시작하면 구리 병 급히 끌어내려 죽로에 옮겨두고

- 송풍회우(松風檜雨) : 탕병(湯瓶)에서 물 끓는 소리가 솔바람 소리나 전나무에 비 떨어지는 소리처럼 들린다는 표현.
- 죽로(竹爐) : 화로를 대나무로 둘러싸 차(茶) 끓이는 탕관을 얹어 놓는 도구. 다른 설들도 있는데, 혹자는 화로라 하고 혹자는 탕관이라고도 한다.

待得聲聞俱寂後 一甌春雪勝醍醐
대 득 성 문 구 적 후 일 구 춘 설 승 제 호

물 끓는 소리 조용해진 후 마시는 한 잔의 춘설(차)은 제호보다 맛있어라."라
고 하였다.

- 춘설(春雪) : 차의 이름. 여기서는 차(茶)를 말함.
- 이 협주의 원 출전은 나대경의 《학림옥로》〈다병탕후〉에 나오는 '因輔以一詩
  云 松風檜雨到來初 … 一甌春雪勝醍醐'이다. 초의스님은 《학림옥로》 중 이
  시가 수록된 〈다병탕후〉를 《다경(합)》의 〈십육탕품〉 바로 뒤에 필사해 놓았다
  고 한다. 이 대목은 《다경(합)》의 목차에도 들어있지 않다. 즉 《다경(합)》을 옮
  겨 쓴 법진이 재(再) 필사 당시 〈십육탕품〉과 〈다보소서〉 사이에 옮겨 적은 것
  으로 보인다고 말하고 있다.(정민·유동훈, 《한국의 다서》, 322쪽 참조.)

---

[13] 解醒少眠證周聖
해 정 소 면 증 주 성
술 깨고 잠 적게 함 주공께서 증명했고

- 다예관본, 경암등초본은 解(해)를 속자인 觧(해)로 쓰고 있고 석경각본, 다송
  자본, 한국불교전서본은 解(해)로 쓰고 있다. 전사(轉寫) 시(時) 흔히 있을 수 있
  는 일이다. 解(해)로 한다.
- 주성(周聖) : 주나라 문왕(文王)의 넷째 아들이자 무왕(武王)의 아우 주공단(周
  公旦)을 높여 부르는 말. 조카 성왕(成王)을 도와 주나라 문물을 갖춘 사람. 왕
  권 이념과 덕치주의를 확립.

[原註]

爾雅 檟苦茶 廣雅 荊巴間採葉 其飮醒酒 令人少眠
이 아 가 고 차 광 아 형 파 간 채 엽 기 음 성 주 영 인 소 면

《이아(爾雅)》에서 말하기를 "가(檟)는 고차(苦茶)다."라 하였고, 《광아(廣雅)》에서 말하기를 "형주와 파주 사이에서 잎을 따는데 마시면 술이 깨고 잠을 적게 한다."고 하였다.

- 《이아(爾雅)》: 책 이름. 13경 중 하나로 가장 오래된 글자 책, 즉 자서(字書)이다. 경서문자(經書文字)를 해설한 19권의 책으로 구성되어 있다. 《다경》에는 주공이 지었다고 했으나, 실제로는 주나라 때부터 한나라 때까지 여러 유학자들이 지은 것으로 본다.

- 가고차(檟苦茶): 《이아》의 원문에는 '가고도(檟苦茶)'로 나온다. 《동다송》에서는 '가고차(檟苦茶)'로 적었다. 이는 초의스님이 인용한 《다경》〈칠지사〉에서 당나라 이전 문헌을 인용할 때 '차'를 뜻하는 '茶(도)'를 모두 '茶(차)'로 고쳐 인용하였는데, 이를 따른 것이라고 볼 수 있다. 즉 《이아》가 만들어진 한(漢)나라 시기에는 차가 대중화되지 않아 '茶(차)'라는 글자가 없었고 '茶(도)' 또는 '蔎(설)' 등으로 썼으리라 여겨진다.(김봉호, 《초의선집》, 764쪽 참조.)

- 《광아(廣雅)》: 삼국시대 위(魏)나라 장읍(張揖)이 지은 책. 《이아》에서 다루지 않은 삼창(三倉), 방언(方言), 설문(說文)과 한나라 학자들의 제경전주(諸經箋注)의 어휘를 모아 한 권의 책으로 만든 것.

- 형주(荊州)는 호북성(湖北城) 형주시(荊州市). 파주(巴州)는 호북성 서부와 사천성(四川城) 동부의 중경시(重慶市) 근처.

- 《다경》〈칠지사〉의 "周公爾雅: '檟苦茶' 廣雅云: '荊巴間採葉作餠, 葉老者, 餠成, 以米膏出之, 欲煮茗飮, 先炙令赤色, 搗末置瓷器中, 以湯澆覆之, 用葱薑橘子芼之, 其飮醒酒, 令人不眠.'"이라는 구절을 인용.

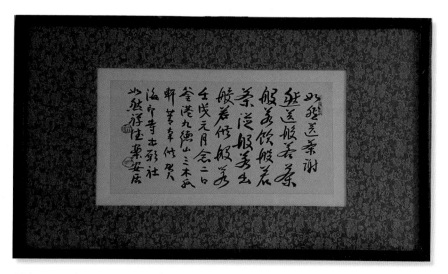

청남(菁南) 오제봉(吳濟峯) 선생의 〈여연송다사(如然送茶謝)〉. 선생이 필자가 보내드린 차를 받고 감사의 뜻을 전한 간찰이다.

[14] 脫粟伴菜聞齊嬰
탈 속 반 채 문 제 영

차나물 곁들인 거친 밥 이야기는 제나라 안영에게 듣고

* 제영(齊嬰) : 제나라의 안영(安嬰, 기원전 580~500). 춘추전국시대 제나라의 청렴결백했던 재상.

[原註]

晏子春秋 嬰相齊景公時
안 자 춘 추 영 상 제 경 공 시

《안자춘추》에 이르기를 "안영이 제(齊)나라 경공(景公)으로 있을 때,

* 《안자춘추(晏子春秋)》 : 제나라 때 안영이 쓴 책.

食脫粟飯 炙三戈五卵 茗采而已
식 탈 속 반 구 삼 과 오 란 명 채 이 이

거친 밥과 구운 고기 세 꼬치, 알 다섯 개, 차나물만 먹었다."고 하였다.

* 《다경》〈칠지사〉의 "晏子春秋 嬰相齊景公時 食脫粟飯 炙三戈五卵 茗荣而已."를 그대로 옮겨왔다.

[15] **虞洪薦犧乞丹邱**
우 홍 천 희 걸 단 구

우홍은 재물 올려 단구에게 빌었고

- 우홍(虞洪) : 절강성 여요현 사람. 《신이기(神異記)》에 그 이름이 나온다.
- 犧(희) : 희생할 희. 석경각본에만 희생할 희(犧)로 나오고 나머지 필사본들은 '餼(보낼 희)'를 썼다. 《군방보》〈태평어람〉에는 '구의(甌蟻)'로 나온다. 《다경》〈칠지사〉에서는 '祈子 他日有甌犧之餘 乞相遺也.'라 하여 '犧(희)'로 썼다. 석경각본의 '犧(희생할 희)'를 따른다.
- * 단구(丹邱) : 한나라의 신선 단구자(丹邱子).

[16] **毛仙示藂引秦精**
모 선 시 총 인 진 정

털 복숭이 신선은 진정에게 차 덤불 보여줬네.

- 총명(藂茗) : 차 덤불. 육우 《다경》의 경우에도 판본에 따라 글자가 약간 다르다. 송대의 '백천학해본(百川學海本)', 명대의 '경릉본(竟陵本)', '다서전집본(茶書全集本)'에는 '총(藂)'의 속자(俗字)인 '구(藜)'로 나오고, 청대의 '사고전서본(四庫全書本)'에는 '총(藂)'으로 나온다. 다예관본, 다송자본, 석경각본, 한국불교전서본은 '구(藜)'를 썼고 다예관본, 경암등초본은 '총(藂)'을 사용하였다. 따라서 현대의 단어인 '총(藂)'을 쓰는 것이 바람직하다고 여겨진다.

神異記 餘姚虞洪, 入山採茗, 遇一道士, 牽三靑牛,
신 이 기 여 요 우 홍 입 산 채 명 우 일 도 사 견 삼 청 우

《신이기》에 이르기를, "여요 사람 우홍이 차를 따러 산에 들어갔다가 한 도사를 만났는데 세 마리의 푸른 소를 끌고 있었다.

- 《신이기(神異記)》: 한나라 때의 설화집으로 동방삭이 지었다고 전해진다. 다른 설로는 진나라 혜제(惠帝, 289~305) 때 왕부(王浮)가 지었다고도 한다.
- 한국불교전서본에는 '캐다, 따다'를 의미하는 '探(채)'로 되어 있고, 다송자본, 석경각본, 다예관본, 경암등초본에는 같은 의미의 '采(채)'로 나온다. 그러나 《다경》〈칠지사〉의 인용문이므로 《다경》에 나오는 '探(채)'로 하는 것이 바람직하다고 여겨진다.

引洪至瀑布山曰, 予丹邱子也, 聞子善具飮, 常思見惠,
인 홍 지 폭 포 산 왈 여 단 구 자 야 문 자 선 구 음 상 사 견 혜

우홍을 데리고 폭포산에 이르러 말하기를 '나는 단구자요. 당신이 차를 잘 갖추어 마신다고 들어 서로 만나기를 항상 생각하고 있었소.

- 석경각본에는 '瀑布山(폭포산)'으로 나온다. 다예관본, 다송자본은 '布瀑山(포폭산)'으로 되어 있다. 《다경》〈칠지사〉에도 '瀑布山(폭포산)'으로 나와 있으므로 석경각본을 따른다.
- 석경각본은 '尙思見惠(상사견혜)'로 되어 있고, 다예관본, 다송자본은 '尙思惠見(상사혜견)'으로 되어 있다. 원전인 《다경》〈칠지사〉의 '尙思見惠(상사견혜)'를 따른다.

山中有大茗可相給, 祈子他日有甌犧之餘, 乞相遺也,
산 중 유 대 명 가 상 급 기 자 타 일 유 구 희 지 여 걸 상 유 야

산중에는 차가 많이 있으니 그대에게 줄 수 있소. 바라건대 그대는 뒷날 제사를 지내고 남는 제물이 있거든 나에게도 주기 바라오.'라 하였다.

因奠祀後入山, 常獲大茗,
인 전 사 후 입 산   상 획 대 명

이에 제사를 지낸 후 산에 들어가면 항상 많은 차를 얻었다."고 하였다.

- 《다경》〈칠지사〉의 '神異記 餘姚人虞洪入山採茗 … 因立奠祀 後常令家人入 山 獲大茗焉.' 부분을 인용.

宣城人秦精, 入武昌山中採茗,
선 성 인 진 정   입 무 창 산 중 채 명

(또 《다경》에) "안휘성 사람 진정이 차를 따려고 무창산에 들어갔다가,

遇一毛人長丈餘, 引精至山下, 示以藂茗而去,
우 일 모 인 장 장 여   인 정 지 산 하   시 이 총 명 이 거

털이 많이 난 사람을 만났는데 키가 일장이 넘었다. 진정을 데리고 산 아래로 가서 무더기로 난 차나무를 보여주고 갔다.

俄而復還, 乃探懷中橘以遺精, 精怖負茗而歸.
아 이 부 환   내 탐 회 중 귤 이 유 정   정 포 부 명 이 귀

그리고 조금 후 다시 돌아와 곧 품속에서 귤을 꺼내 진정에게 주었다. 진정은 겁을 먹고 차를 지고 돌아왔다."(고 하였다.)

- 진정의 이야기는 《속수신기(續搜神記)》에 수록되어 있다. 《다경》〈칠지사〉의 '續搜神記：晉武帝, 宣城人秦精 常入武昌山中採茗 遇一毛人長丈餘 引精至 山下 示以藂茗而去 俄而復還 乃探懷中橘以遺精 精怖負茗而歸.'를 초의스님 이 인용한 것. 초의스님이 출전을 밝히지는 않았다. 《속수신기》는 진나라 도잠 (陶潛, 365~427)의 저서로 알려져 있으나, 《속수신기》에 도연명이 〈귀거래사(歸 去來辭)〉를 쓴 후 사라졌다는 이야기가 있어 후인의 저술로 본다.

[17] 潛壤 不惜謝萬錢
잠 양 불 석 사 만 전
땅속 귀신 만전 돈 아낌없이 사례했고

- 잠양(潛壤) : 《이원(異苑)》이라는 책에 나오는 '잠양후골(潛壤朽骨)'의 준말이다. '흙에 묻혀있는 썩은 뼈'라는 의미.

[原註]

(異) 苑 剡縣 陳務妻 少與二子寡居 好飮茶茗
(이) 원 섬 현 진 무 처 소 여 이 자 과 거 호 음 차 명

《이원》에서 이르기를, "섬현(剡縣) 진무(陳務)의 아내가 젊어서 두 아들과 함께 과부로 살았는데 차 마시기를 좋아했다.

- 《이원(異苑)》 : 《동다송》의 전사본 중 석경각본, 경암등초본, 다예관본은 앞의 '이(異)'가 빠진 '완(菀)'으로, 다송자본은 '완(菀)'으로, 한국불교전서본은 '원(苑)'으로 되어 있다. 처음 초의스님의 필사 시 잘못되었다고 본다.(정민·유동훈, 《한국의 다서》, 325쪽 참조.) 그러나 진무(秦務)의 처(妻) 이야기는 육우가 쓴 〈고저산다기(顧渚山茶記)〉의 인용문으로, 이는 다시 《이원(異苑)》에 나온다. 이 책은 남송 때 유경숙(劉敬叔)이 요괴담(妖怪談)을 모은 10권의 책이다. 따라서 《이원(異苑)》으로 표기함이 옳다.(김대성, 《초의선사의 동다송》, 90쪽 참조.)
  - 섬현(剡縣) : 절강성 섬계(剡溪) 옆 고을.

宅中有古塚 每飮輒先祭之 二子曰 古塚何知
택 중 유 고 총 매 음 첩 선 제 지 이 자 왈 고 총 하 지

집에 오래된 무덤이 있어 차를 마실 때마다 먼저 그 무덤에 제를 올리곤 하였다. 이에 두 아들이 말하길 '옛 무덤이 어찌 그것을 알겠습니까?

- 《다경》 〈칠지사〉의 '二子患之曰'에서 '患(환)'을 생략한 것.

- 《동다송》 모든 전사본에는 '冢(총)'으로 나와 있으나 《다경》〈칠지사〉에는 '塚(총)'으로 나와 있다. 비슷한 의미이지만 '塚(총)'으로 바로잡는다.
- ★ 《다경》〈칠지사〉에는 '以宅有古塚 每飮輒先祀之'라고 나와 있는데 《동다송》 모든 전사본에는 '이(以)'가 생략되고 '사(祀)'가 '제(祭)'로 되어 있어 초의스님께서 바꿔 적은 것으로 여겨진다.

徒勞人意欲掘去之母禁而止 其夜夢
도 로 인 의 욕 굴 거 지 모 금 이 지 기 야 몽

사람의 뜻만 힘들게 할 뿐입니다.' 하며 파서 없애려고 하자 어머니가 그것을 말렸다. 그런데 그날 밤 꿈에,

- • 《다경》〈칠지사〉에는 '徒以勞意'로 나와 있는데 《동다송》 모든 전사본에는 '徒勞人意'로 나와 있다. 이는 초의스님께서 처음 그렇게 바꿔 쓰신 것으로 보인다.
- ◦ 《다경》〈칠지사〉에는 '母苦禁而止'로 나와 있고 《동다송》 모든 전사본에는 '母禁而止'로 '苦(고)'가 빠져 있다.

一人云 吾止此 三百年餘 卿子常欲見毀 賴相保護 反享佳茗
일 인 운 오 지 차 삼 백 년 여 경 자 상 욕 견 훼 뢰 상 보 호 반 향 가 명

한 사람이 말했다. '내가 이곳에 머문 것이 300여 년이라오. 그대의 아들들이 없애려 했지만 늘 보호해주셨습니다. 나아가 좋은 차까지 대접해주시니

- • 《다경》〈칠지사〉에는 '吾止此塚'으로 나와 있고, 《동다송》 모든 전사본에는 '吾止此'로 '塚(총)'이 생략되어 있다.
- ◦ 《다경》〈칠지사〉에는 '三百餘年'으로 나와 있다.
- ★ 《다경》〈칠지사〉에는 '卿二子'로 나와 있다.
- ▫ 《다경》〈칠지사〉에는 '恒欲見毀'로 나와 있다.
- ♣ 《다경》〈칠지사〉에는 '又享吾佳茗'으로 나와 있다. 《동다송》의 '反享佳茗'과 의미는 같다.

雖潛壞朽骨 豈忘翳桑之報
수 잠 양 후 골 기 망 예 상 지 보

비록 땅속 썩은 뼈라도 어찌 예상의 보답을 잊으리까?'라 하였다.

- 다송자본에는 '朽(후)'로만 나오고, 석경각본, 다예관본, 경암등초본, 한국불교
  전서본에는 '朽骨(후골)'로 나온다. 원전인 《다경》〈칠지사〉에도 '후골(朽骨)'로
  나오므로 '후골(朽骨)'로 한다.
- 예상지보(翳桑之報) : 춘추전국시대 진(晉)의 대부 조순(趙盾)이 예상에서 굶어
  죽어가던 영첩(靈輒)에게 음식을 주어 살려주자 훗날 영첩이 조순의 목숨을 살
  려주어 은혜를 갚았다는 고사. 《춘추좌씨전(春秋左氏傳)》〈선공(宣公) 2년〉 조에
  그 내용이 나온다.

及曉 於庭中 獲錢十萬.
급 효 어 정 중 획 전 십 만

새벽이 되어 마당 가운데에서 돈 십만 금을 얻었다."고 하였다.

- 다송자본은 '금(金)'이다. 경암등초본, 한국불교전서본은 '전(錢)'으로 되어 있
  고 《다경》〈칠지사〉에도 '전(錢)'으로 나오므로 원전에 따른다. 또 이 부분은 청
  나라 왕호(汪灝)가 쓴 《광군방보(廣群芳譜)》에서 인용한 것인데, 《다경》〈칠지
  사〉에는 그 뒷부분의 내용도 포함되어 있다. 이에 따르면 '그 돈은 묻힌 지 오
  래된 것 같으나 꿰미만은 멀쩡했다. 어머니가 두 아들에게 알렸더니 이를 부
  끄러워하였다. 이로부터 무덤에 차 올리기를 더 열심히 했다[似久埋者 但貫新
  耳 母告二子 慙之 從是禱饋愈甚].'고 한다. 《동다송》에는 이 부분이 생략되어 있
  다.(김대성, 《초의선사의 동다송》, 91쪽 참조.)

鼎食獨稱冠六淸
정 식 독 칭 관 육 청

정식에서 육청 중 으뜸이라 여겼네.

- 정식(鼎食) : 솥을 여러 개 놓고 밥을 먹는다는 의미로, 부호가 먹는 진수성찬을 말한다. 정약용의 《아언각비(雅言覺非)》〈솥〉조에서는 이렇게 말했다. "솥은 익히는 그릇이다. 세 다리에 손잡이, 위와 옆에는 옥돌로 만든 솥귀가 달려 있는데 오미(五味)를 조화시키는 보배로운 그릇이다. 당나라 시인 왕발(王勃)은 그 시 서문에 '종이 울려서 솥 음식을 먹는 것이 부호다.'라고 말하였다."(김명배, 《한국의 다서》, 53쪽 참조.)

○ 육청(六淸) : 초의스님은 《동다송》에서 '육청(六淸)'을 모두 '육정(六情)'으로 표기하였다. '육청(六淸)'은 고대의 여섯 가지 음료를 말한다. 인용한 장맹양의 시에 '육청(六淸)'으로 나온다. 그러나 육우의 《다경》에서 이 시를 인용하면서 '육정(六情)'으로 표기하였고, 초의스님은 《다경》을 그대로 옮긴 것이다. '육청(六淸)'에 관해 《주례(周禮)》〈천관(天官)〉에서는 '凡王之饋 … 飮用六淸'이라 하여 '모든 왕의 식사에는 …과 육청(六淸)을 마신다.'라고 하였다. '음식은 여섯 가지 희생을 쓰고, 음료는 여섯 가지 맑은 음료를 쓴다[膳用六牲 飮用六淸].'고 했다.(정민·유동훈, 《한국의 다서》, 326쪽 참조.) 류건집은 '6청'에 대해 '물[水], 미음[漿], 감주[醴], 차가운 음료[醇], 묽은 죽[醬], 기장술[酏]'의 6가지를 들었다.(류건집, 《동다송 주해》, 151쪽 참조.) 다른 주해자들은 저마다 다양한 음료 이야기를 하고 있다. 그런데 혹자는 '6정(情)'이 옳고, 구체적으로는 '희로애락애오(喜怒哀樂愛惡)'를 말한다고 주장한다. 그러나 이러한 해석은 옳지 않다고 여겨지며, '육청(六淸)'으로 바로잡는다.

[原註]

張孟陽 登樓詩
장 맹 양 등 루 시

장맹양의 〈등루〉라는 시에 이르기를,

- 장맹양(張孟陽) : 서진(西晉)의 문인. 자는 맹양(孟陽), 이름은 장재(張載)이다. 석

떡차가 숙성되고 있는 항아리와 절구

중국 청나라 시기의 찻잔

경각본, 다송자본에는 '張孟陽(장맹양)'으로 바르게 적혀 있다. 다예관본, 경암 등초본, 한국불교전서본에는 '張孟湯'으로 잘못 표기되어 있다. '湯'은 '양'으로 도 읽을 수 있으나 보통 '탕'으로 읽는 경우가 많은 글자다. 석경각본, 다송자 본의 '陽(양)'이 옳다.

◦ 〈등루(登樓)〉: 장맹양의 시(詩)로, 본래 제목은 〈등성도백토루시(登成都白菟樓 詩)〉이다. 백토루는 성도를 한눈에 볼 수 있는 누각 이름. 이 시에 '芳茶冠六淸 (방다관육청) 溢味播九區(일미파구구)'의 구절이 있다. 역시 '六情(육정)'이 아니고 '六淸(육청)'으로 되어 있다.(류건집, 《동다송 주해》, 154쪽 참조.)

鼎食隨時進 百和妙且殊 芳茶冠六淸 益味播九區
정 식 수 시 진 백 화 묘 차 수 방 차 관 육 청 익 미 파 구 구

"솥의 음식을 차례로 내오니 온갖 맛 묘하고 뛰어나구나. 향기로운 차 육청 중 으뜸이어서 넘치는 맛 온 세상에 퍼져 가는구나."라 하였다.

• 且(또 차): 《동다송》 전사본들에는 '具(구)'로 나와 있다. 이 부분은 《다경》 〈칠지 사〉에서 인용한 것인데, 여기에는 '且(또 차)'로 되어 있다. 정민·유동훈, 류건집, 김명배 등 대다수 주해자들도 《다경》에 따라 '且(차)'로 바로잡아야 한다고 주장 한다. 《다경》 〈칠지사〉의 '백화묘차수(百和妙且殊)'를 《다경(합)》에 베낄 때 '백화 묘구수(百和妙具殊)'로 잘못 옮겨 적었고, 이를 다시 그대로 《동다송》에 옮기면 서 오류가 반복된 것으로 여겨진다.

◦ 구구(九區): 중국 땅을 크게 아홉으로 나눠 구구(九區) 또는 구주(九州)라고 한 다. 중국 전체를 이르는 말로 쓰인다.

[19] 開皇醫腦傳異事
개 황 의 뇌 전 이 사
수 문제 두통 나은 기이한 일 전해져

- 개황(開皇) : 수(隋)나라 시조인 문제(文帝). 문제가 581년에 나라를 개국하여
  황제에 올랐으므로 개황이라 칭함.

[原註]

隋文帝 微時夢 神易其腦骨 自爾痛
수 문제 미 시 몽 신 역 기 뇌 골 자 이 통

수 문제가 아직 등극하기 전 꿈을 꾸었는데 꿈속에 귀신이 나타나 그의 뇌, 골
을 바꿔 버렸다. 그 후 두통을 앓게 되었다.

- 《군방보(群芳譜)》의 〈다보(茶譜)〉에 "隋文帝微時, 夢神易其腦骨, '自爾腦痛',
  忽遇一僧云, 山中茗草可治. 帝服之有效. 於是天下, 始知飮茶. 蠻甌志."라는
  구절이 있다. 이에 따르면 수문제의 두통 이야기는 《만구지(蠻甌志)》에서 인용
  한 것이다. 그런데 《다경(합)》〈다보소서〉 33쪽에는 그 출전이 《낙양가람기(洛
  陽伽藍記)》라고 되어 있다. 《다경(합)》 원문은 "洛陽伽藍記, 隋文帝微時, 夢神
  易其腦骨, '自爾痛', 忽遇一僧云, 山中茗草可治. 帝服之有效. 於是天下, 始之
  飮茶."이다. '수문제의 두통이 시작되었다.'는 부분의 표현이 판본마다 조금씩
  다른데, 우선 다예관본과 석경각본, 경암등초본은 '自爾痛(자이통)'으로 되어
  있다. 반면에 다송자본, 한국불교전서본은 '自爾而痛(자이이통)'으로 되어 있다.
  《만구지》를 인용했다는 《군방보》에는 '自爾腦痛(자이뇌통)'으로 되어 있다. 《낙
  양가람기》를 인용했다는 《다경(합)》이 '자이통(自爾痛)'으로 되어 있으므로 석
  경각본 등의 '자이통(自爾痛)'을 채택하는 것이 옳다고 여겨진다.

忽遇一僧云 山中茗草可治 帝服之有效 於時 天下 始之飮茶
홀 우 일 승 운 산 중 명 초 가 치 제 복 지 유 효 어 시 천 하 시 지 음 다

어느 날 우연히 스님을 만나니 이렇게 말하였다. "산중의 차가 낫게 할 수 있

습니다." 황제가 그것을 마시자 효과가 있었다. 이에 천하 사람들이 차 마시
는 것을 알게 되었다.

[20] 雷笑茸香取次生
뇌 소 용 향 취 차 생

이때부터 경뢰소(驚雷笑)와 자용향(紫茸香)이 차례로 나왔다네.

[原註]

唐覺林寺僧 志崇 製茶三品
당 각 림 사 승 지 숭 제 다 삼 품

당(唐)나라 시기 각림사(覺林寺)의 승려 지숭(志崇)이 세 가지 차(茶)를 만들었다.

驚雷笑(莢) 自奉 萱草帶 供佛 紫茸香 待客云
경 뢰 소 (협) 자 봉 훤 초 대 공 불 자 용 향 대 객 운

경뢰소는 자신이 마시고 훤초대는 부처님께 공양 올리는 데 사용하고 자용향
은 손님 접대에 썼다고 한다.

- 경뢰소(驚雷笑) : 각림사의 승려 지숭이 만들었다는 세 종류의 차, 즉 경뢰소
  (驚雷笑), 훤초대(萱草帶), 자용향(紫茸香) 중의 하나이다. 다예관본, 경암등초본
  에는 '경소(驚笑)'로 되어 있고, 석오본이나 다송자본, 한국불교전서본에는 '경
  뢰소(驚雷笑)'로 되어 있다. 다른 여러 문헌에도 '경소(驚笑)'로 표기된 경우가

있다. 그런데 류건집, 정민·유동훈 등에 따르면 중국의 문헌들에서는 모두 '경뢰협(驚雷莢)'으로 되어 있다고 한다. '경뢰협'을 초의스님이 '경뢰소'로 적었다는 것인데, 이런 오기(誤記) 내지 변용은 초의스님에 의해 처음 일어난 것은 아니다. 조선 중기의 승려인 중관해안(中觀海眼, 1567〜?)이 대흥사의 역사를 기록한 《죽미기(竹迷記)》의 맨 끝부분에도 '경뢰소'라는 이름이 보이기 때문이다. 원문은 "唐德宗時, 覺林寺僧志崇, 用茶三等, 以萱草帶供佛, 以'驚雷笑'自奉, 以紫茸香待客."이다. 훤초대는 부처님께 바치고, 경뢰소는 자신이 마시고, 자용향은 손님께 대접했다는 이야기다. 초의스님은 이 《죽미기》의 기록을 따른 것으로 보인다.

◦ 《군방보》〈다보〉에는 '覺林寺僧志崇, 收茶三等, 待客以驚雷莢, 自奉以萱草帶, 供佛以紫茸香. 蠻甌志'라고 되어 있다. 경뢰협은 손님 접대용이고, 훤초대는 자신이 마셨으며, 자용향을 부처님께 바치는 용도로 썼다는 말이다. 《광군방보》 역시 똑같이 "蠻甌志, 覺林僧志崇, 收茶三等, 待客以驚雷莢, 自奉以萱草帶, 供佛以紫茸香."이라고 했다. 그런데 초의스님이 인용한 《죽미기》에는 '훤초대가 불공용이고, 경뢰소가 스스로 마시는 차이며, 자용향이 손님 접대용'이라고 되어 있어 중국의 기록과 차이가 있다. '자용향'에 대해서도 석경각본, 법진본, 다송자본, 채향록본에서는 모두 '紫(자)'를 써서 '자용향(紫茸香)'이라고 한 반면, 다예관본에서만 '시용향(柴茸香)'이라고 표기하여 다예관본이 오류임을 알 수 있다. 그리고 맨 뒤의 '云(운)'은 다송자본과 한국불교전서본에는 생략되어 있다.(정민·유동훈, 《한국의 다서》, 328쪽 참조.) 그리고 용운스님이 2000년부터 2001년까지 《월간 다도》에 연재한 글에 따르면 이 고사는 청나라 시대 유원장(劉源長)의 《다사(茶史)》에 기록되어 있다고 한다. 그런데 초의스님은 원문을 다 인용하지 않고, 뒷부분의 '부다자이유낭(赴茶者以油囊) 성여력귀(盛餘瀝歸)'를 생략했다고 한다.

골동 소반과 은다관

[21] 巨唐尙食羞百珍
거 당 상 식 수 백 진

당나라 시절 상식(尙食)에는 수많은 진미 있었지만

- 상식(尙食) :《송사(宋史)》에 의하면 '尙食掌膳羞之事(상식장선수지사)'라 하여 '상식(尙食)'을 음식을 관장하는 기관이라 하였다.(류건집,《동다송 주해》, 168쪽 참조.)

[22] 沁園唯獨記紫英
심 원 유 독 기 자 영

심원에는 오직 자영만을 기록했네.

- 심원(沁園) :후한(後漢) 명제(明帝) 때 심수공주(沁水公主) 소유의 원림(園林)을 가리킨다. 건초(建初) 2년 두헌(竇憲)으로부터 빼앗아 그 후 공주 소유의 원림이 되었다. 중국 하남성(河南城) 심양현(沁陽縣) 동북쪽, 심수(沁水)의 북안에 있다.(김대성,《초의선사의 동다송》, 101쪽 참조.)
- '綠花紫英二者宮茶 明代 王象晉 群芳譜 茶譜 唐德宗每賜同昌公主主饌, 其茶有綠花紫英之號'를 인용한 글이다. 이 글의 원 출처는 당소악(唐蘇鶚)의《두양잡편(杜陽雜編)》이다.(정민·유동훈,《한국의 다서》, 328쪽 참조.) 원래《두양잡편》에는 '상매사어찬탕물(上每賜御饌湯物)'로 되어 있는데, 초의스님께서 원문의 의미를 살려 '찬탕물(饌湯物)'이라 했다고 한다.(용운,〈동다송〉,《월간 다도》 2000~2001년 연재 참조.)

唐德宗每賜同昌公主饌, 其茶有綠花紫英之號
당 덕 종 매 사 동 창 공 주 찬 기 다 유 록 화 자 영 지 호

당나라 덕종 시절 동창공주에게 음식을 내릴 때마다, 그 차에는 녹화와 자영이라는 호칭이 있었다.

- 한국불교전서본에는 '유(有)'가 없고 다른 판본에는 '其茶有(기다유)'로 되어 있다. 용운스님에 의하면 이 부분은《두양잡편》에서 인용한 것인데, 거기에는 '기다즉(其茶則)'으로 나와 있다고 한다. (용운, 〈동다송〉,《월간 다도》2000~2001년 연재 참조.)

[23] 法製頭綱從此盛
법 제 두 강 종 차 성
두강으로 법제하여 만드는 차는 이때부터 성행하니

- 두강(頭綱) : 최고급 찻잎으로 만든 첫물차. 웅번(熊蕃)의 《선화북원공다록(宣和北苑貢茶錄)》에 '每歲分十餘綱, 惟白茶與勝雪, 自驚蟄前興役, 浹日乃成, 飛騎疾馳, 不出仲春, 已至京師, 號爲頭綱玉芽'이라 했다. 이에 따르면, 한 해를 10여 강(綱)으로 나누고, 오직 백차와 승설차만은 경칩 이전에 만들고 10여 일 이내에 완성하여 날랜 기병을 시켜 중춘(仲春, 음력 2월)을 넘기지 않고 서울에 도착하게 하였으며, 이 차를 두강옥(頭綱玉)이라고 했다.(류건집,《동다송 주해》, 174쪽 참조.) 청나라 심초(沈初)는 《서청필기(西淸筆記)》에서 '龍井新茶, 向以谷雨前爲貴, 今則於淸明節前采者人貢, 爲頭綱'이라 하여 청명 이전에 채취한 차를 두강(頭綱)이라고 한다 했다. 송나라 소동파의 시에도 '두강팔병(頭綱八餅)'이라는 단어가 나온다. 두강(頭綱)이란 이처럼 그 해 생산된 최고의 차(茶)를 일컫는 것이다.(정민·유동훈,《한국의 다서》, 329쪽 참조.) 김명배는 '두강(頭綱)

이란 왕실에 차를 공납하기 위해 공다소에서 처음 출하되는 차의 총량을 칭한다.'고 설명했다.(김명배, 《한국의 다서》, 58쪽 참조.)

[24] 清賢名士誇雋永
청 현 명 사 과 준 영
맑고 어진 명사들 준영이라 자랑했네.

- 준영(雋永) : 지극히 맛있는 음식을 일컫는 말. 《괴통전(蒯通傳)》은 한나라 때 괴통이라는 사람이 지은 책으로, 여기에 '준영 81칙'이 실려 있다. 당나라 안사고(顏師古)가 붙인 주석문에 따르면 '준(雋)은 살진 고기이고 영(永)은 뛰어나다는 의미'라고 하였다.(김대성, 《초의선사의 동다송》, 103쪽 참조.) 류건집은 첫째 음식의 맛이 좋은 것을 뜻하고 또한 글이 깊고 좋은 맛을 지닌 것을 의미한다고 하였다.(류건집, 《동다송 주해》, 176쪽 참조.)

[原註]

茶經 稱茶味 雋永
다 경 칭 차 미 준 영
《다경》에서는 차 맛을 준영이라 칭했다.

- 육우의 《다경》〈오지자(五之煮)〉에 '기제일위준영(其第一者爲雋永)'이라 했고, 〈육지음(六之飮)〉에서도 '기준영보소궐인(其雋永補所闕人)'이라 하였다.

[25] 綵莊龍鳳轉巧麗
채 장 용 봉 전 교 려

용봉단 비단 장식 너무 화려해서

• 용봉(龍鳳) : 용단(龍團)과 봉단(鳳團)을 말한다. 휘종(徽宗)이 쓴 《대관다론(大觀
茶論)》에는 '용단(龍團), 봉병(鳳餅)'으로 되어 있다. 서긍(徐兢)의 《고려도경(高麗
圖經)》에서는 '용봉단(龍鳳團)'이라 했고, 《고려사(高麗史)》에는 '용봉차(龍鳳茶)'
로 나온다. 웅번(熊蕃)의 《선화북원공다록》과 조여려(趙汝礪)의 《북원별록(北苑
別錄)》에서는 '용원승설(龍園勝雪)을 가장 정교한 것으로 치는데…'라고 말하고
있다.(김대성, 《초의선사의 동다송》, 106쪽 참조.)

[26] 費盡萬金成百餅
비 진 만 금 성 백 병

백 덩어리 만드는 데 만금을 허비했네.

[原註]

大小龍鳳團 始於丁謂 成於蔡君謨
대 소 용 봉 단 시 어 정 위 성 어 채 군 모

크고 작은 용봉단은 정위가 만들기 시작하여 채군모에 이르러 완성되었다.

• 정위(丁謂) : 966~1037. 송나라 2대 태종(太宗) 태평흥국(976~983) 초에 복건
성 건구현 '북원'이라는 어용(御用) 다원 전운사로 있던 정위(丁謂)가 용봉단차

필자는 1990년대부터 일지암에서 떡차를 만들었다.

를 만들기 시작하였다.
- 채군모(蔡君謨) : 북송 인종~정종 시절 문인. 이름은 양(襄), 자는 군모(君謨). 북원 다원의 공차(貢茶) '소룡단(小龍團)'을 만들었고 《다록(茶錄)》을 썼다.

以香藥合而成餠 餠上飾以龍鳳紋
이 향 약 합 이 성 병 병 상 식 이 용 봉 문

향과 약을 섞어 떡 모양으로 만들고 그 위에 용과 봉황의 문양을 장식했다.

- 《군방보》〈다보〉에 '大小龍團, 始於丁謂, 成於蔡君謨, 宋太平興國二年, 始造龍鳳茶, 餠上飾以龍鳳紋也. 供御者, 以金裝成.'으로 되어 있다. 즉 '香藥合而成餠'은 원문에는 없고 초의스님이 추가한 것이다. 초의스님이 《다경(합)》에 필사한 《기다(記茶)》의 '古人云, 墨色須黑, 茶色須白, 色之白者, 蓋謂餠茶之入香藥造成者, 月兔龍鳳團之屬是也.'와 '茶之味, 黃魯直吟茶詞, 可謂盡之矣, 餠茶以香藥合成後, 用渠輪硏末入湯.' 구절을 참조하여 추가한 것으로 보인다는 의견이 있다.(정민·유동훈, 《한국의 다서》, 330쪽 참조.) 그러나 김대성은 《초의선사의 동다송》에서 "송나라 인종 때(1041~1048)까지는 천연 용뇌를 약간 섞었으나 채군모의 《다록(茶錄)》에서 선화 3년(1120년)부터는 '차의 진미를 빼앗길까 봐 염려스러워 쓰지 않는다.'라고 말하고 있으므로 초의가 예전(1120년 이전)에 용봉단 만드는 방법을 말한 것"이라고 언급하였다.

東坡詩 紫金百餠費万錢
동 파 시 자 금 백 병 비 만 전

소동파는 시에서 "자금 떡차 100개 만드는데 일만 금이 드네."라고 읊었다.

- 소동파의 〈화장기기다(和蔣夔寄茶)〉라는 시.
- 자금백병비만전(紫金百餠費万錢) : 《광군방보》〈다보〉에 실린 소동파의 시 〈화장기기다(和蔣夔寄茶)〉 중 '자금백병비만전(紫金百餠費万錢)'을 인용한 것이다. 이 중 맨 뒷부분 '비만전(費万錢)'이 다송자본, 한국불교전서본에는 '비진만금(費盡万金)'으로 오기(誤記)되어 있다. 석경각본, 다예관본에는 '비만전(費万錢)'으로 되어 있다. '비만전(費万錢)'으로 바로잡는다.

[27] 誰知自饒眞色香
수 지 자 요 진 색 향
누가 알리요? 스스로 갖춘 색과 향

[28] 一經點染失眞性
일 경 점 염 실 진 성
조금만 오염되어도 본디 맛 잃는다네.

[原註]

萬寶全書
만 보 전 서
만보전서에 이르기를

• 《만보전서(萬寶全書)》: 청나라 모환문(毛煥文)이 엮은 일종의 백과사전. 초의
  스님은 43세 되는 1828년 여름 칠불암에서 이 《만보전서》의 차 설명 부분인
  〈채다론(採茶論)〉을 베껴 와 45세인 1830년 2월 《다신전(茶神傳)》이라는 이름으
  로 정리했다. 〈채다론〉은 명(明)의 장원(張源)이 쓴 《다록(茶錄)》이 원전이다. 이
  〈채다론〉이 들어있는 《만보전서》는 《경당증정만보전서(敬堂增訂萬寶全書)》 본
  이다.(용운, 〈동다송〉, 《월간 다도》, 2000~2001년 연재 참조.)

茶自有眞香眞味眞色一經他物點染 便失其眞
차 자 유 진 향 진 미 진 색 일 경 타 물 점 염 변 실 기 진

"차는 절로 참된 향, 참된 맛, 참된 색이 있어 조금이라도 다른 것에 오염되면 그 본래 맛을 잃고 만다."고 하였다.

- 진향(眞香) : 참된 향. 장원의 《다록》에서는 차향의 종류에 대해 이렇게 언급한다. "차에는 진향(眞香), 청향(淸香), 난향(蘭香), 순향(純香)이 있다. 겉과 속이 한결같은 것을 순향이라 하고, 설지도 너무 익지도 않은 것을 청향이라고 한다. 불길이 고르게 멈춘 것을 난향이라 하고, 곡우 전 신기(神氣)가 갖추어진 것을 진향이라고 한다. 또 뜬 냄새가 나는 상쾌하지 않은 향인 함향(含香), 밋밋한 누향(漏香), 쉬 사라지는 가벼운 부향(浮香)은 바르지 못한 향이다."(김대성, 《초의선사의 동다송》, 114쪽 참조.)

- 진미(眞味) : 참된 맛. 《다록》에서는 "맛은 달고 부드러운 것이 제일이며 쓰고 떫은 것은 하등이다."라고 언급하였다.(김대성, 《초의선사의 동다송》, 114쪽 참조.)

- 진색(眞色) : 참된 색. 《다록》에 이르기를 "차는 맑고 푸른 것이 가장 좋고, 찻잔의 물은 여린 쪽빛에 하얀색이 감도는 것이 좋다. 누런색, 검은색, 갈색 등은 좋지 않다. 맑은 물빛이 좋고 푸른색은 보통이며 누런색은 좋지 않다."고 하였다.(김대성, 《초의선사의 동다송》, 114쪽 참조.)

- 모환문의 《증만보전서(增萬寶全書)》〈다경채요(茶經採要)〉의 "點染失眞 : 茶自有眞香, 有眞色, 有眞味, 一經點染, 便失其眞"을 조금 수정하여 인용. 《다경(합)》〈채다론〉에는 "點染失眞 : 茶自有眞香, 有眞色, 有眞味, 一經他物點染, 便失其眞"으로 필사되어 있다. 즉 초의스님께서 '타물(他物)'을 삽입하신 것이다.

청명을 앞두고 첫물차를 따고 덖었다. 봄의 맛, 봄의 향, 봄의 색이다.

[29] 道人雅欲全其嘉
도인아욕전기가
도인이 그 뛰어남 온전히 보전하려

- 도인(道人) : 초의스님의 원주(原註)에 나오는 '부대사(傅大師)'를 일컫는다. 후
  한(後漢) 시기 감로화상이 인도에서 돌아오면서 일곱 그루의 차나무를 몽산에
  심었다는 이야기가 전해온다.

[30] 曾向蒙頂手栽那
증향몽정수재나
몽산(蒙山)의 꼭대기에 손수 차 심었다네.

[31] 養得五斤獻君王
양 득 오 근 헌 군 왕
차나무 길러 다섯 근을 얻어 임금께 바쳤으니

• 김명배에 의하면 송(宋)나라 도곡(陶穀)의 《청이록(淸異錄)》과 《다료기(茶寮記)》에 '전대사'가 '군왕'에게 차를 바친 것이 아니라 오(吳)나라 승려 '범천'이 '전대사'에게 바쳤다고 나와 있다고 한다. 그러나 유원장(劉源長)의 《다사(茶史)》나 패문재(佩文齋)의 《광군방보(廣群芳譜)》에는 전사착오(轉寫錯誤)로 '전대사', 즉 '쌍림대사'가 '몽정산'에 간 것으로 되어 있고, 초의스님이 후자의 책을 인용한 것 같다고 보고 있다.(김명배, 《한국의 다서》, 67쪽 참조.)

[32] 吉祥蕊與聖楊花
길 상 예 여 성 양 화
길상예와 성양화가 바로 그것이네.

• 예(蕊) : 꽃술 예(蕊)인데, 속자(俗字) 예와 정자가 판본마다 혼재되어 있다. 즉 '蘂, 蕋, 蘂, 蕊, 蕋'가 모두 시대별로 변한, 같은 글자인 것이다.
◦ 길상예(吉祥蕊)와 성양화(聖楊花) : 몽산에서 부대사가 만든 차 이름.

[原註]
傅大師自住蒙頂, 結庵種茶,
부 대 사 자 주 몽 정   결 암 종 차

부(傅)대사 스스로 몽정에 살며, 암자 짓고 차를 심어,

- 《청이록(清異錄)》에는 '住(머무를 주)'가 아니라 '往(갈 왕)'으로 되어 있다고 한다. 그러나 모든 전사본에는 '머무를 주(住)'로 되어 있다. 용운스님은 '갈 왕(往)'으로 고쳐야 한다고 하였다.(용운, 〈동다송〉, 《월간다도》, 2000~2001년 연재 원고 참조.)
  - 몽산(蒙山)의 맨 위쪽 상청봉(上淸峰).

凡三年, 得絶佳者
범 삼 년   득 절 가 자
무릇 삼 년 만에 뛰어난 차를 얻어

- 다예관본과 석경각본을 비롯한 모든 전사본은 '得(얻을 득)'을 썼고, 다송자본만 '淂(물 모양 득)'을 썼다. 문맥상 얻을 득(得)이 더 타당하다고 여겨진다. '淂(득)'은 필사 시의 오류로 보인다.

號聖楊花吉祥蘂,
호 성 양 화 길 상 예
성양화와 길상예라 이름짓고

共五斤, 持歸供獻
공 오 근   지 귀 공 헌
모두 다섯 근을 가지고 돌아와 헌공했다.

- 《군방보》〈다보〉의 '傅大師自住蒙頂, 結庵種茶, 得絶佳者, 號聖楊花吉祥蘂, 共五斤, 持歸供獻, 俱淸異錄'을 인용. 《군방보》에는 부대사라고 하였고 《광군방보》에는 쌍림대사(雙林大師)로 적혀 있다. 정민·유동훈 등은 성이 부씨인 승려가 쌍림사에 거주하고 있었던 것이라고 보았다. 그러나 김명배는 부대사(傅大師)가 아니고 전대사(傳大師)로 보인다는 이견(異見)을 제시한다.(김명배, 《한국의 다서》,

68쪽 참조.) 그러나 '부대사'가 옳다고 여겨진다. 부대사는 실존 인물로 《금강경 오가해》의 저자 5인 중 한 명이다. 《다경(합)》〈다보소서〉에는 '傳大師自住蒙頂, 結庵種茶, 凡三年, 得絶佳者, 号聖楊花吉祥藥, 共五斤, 持飯供獻, 俱淸異錄' 으로 필사되어 號(호)와 号(호), 歸(귀)와 飯(귀)가 다르게 적혀 있다.(정민·유동훈, 《한국의 다서》, 331쪽 참조.) 이는 필사 시 약자(略字)를 사용한 것으로 여겨진다.

[33] 雪花雲腴爭芳烈
설 화 운 유 쟁 방 열
설화차와 운유차는 짙은 향기 앞 다투고

- 설화(雪花) : 유명한 차[名茶]의 이름으로, 말차의 흰 거품이 떠 있는 모양을 설화(雪花)로 표현한 것이다.
- 운유(雲腴) : 차의 별칭으로 전설적인 신약을 의미.(류건집, 《동다송 주해》, 213쪽 참조.) 설화차나 운유차를 일본의 차인들은 흔히 '설각, 운각'이라고 말한다. 농차(濃茶)에 뜨는 포말, 즉 차 거품의 모양이 짙은 눈발 같다는 의미에서 설각, 구름이 두둥실 뜬 모양 같다는 의미에서 운각이라고 표현하는 것이다. 이런 차 이름들은 모두 말차의 거품 모양에서 유래된 것이다.

雙井日注喧江浙
쌍 정 일 주 훤 강 절

쌍정차와 일주차는 강절 땅에 떠들썩하네.

• 쌍정(雙井) : 강소성(江蘇城) 분녕현(分寧縣) 서쪽에 있다.《기명휘기(奇茗彙記)》
  에 '강서 의흥현(江西 義興縣) 30리에 있는 남계(南溪)는 물이 좋아 토착민들이
  길어다 차를 만들면 맛이 좋아 쌍정차(雙井茶)라고 말한다.'고 한다.(김대성,《초
  의선사의 동다송》, 119쪽 참조.)
◦ 일주차(日注茶) : 절강성(浙江省) 소흥현(紹興縣)에서 생산되는 차.

[原註]

東坡詩 雪花雨脚何足道
동 파 시 설 화 우 각 하 족 도

소동파는 시에서 "설화차와 우각차를 어떻다 말할 수 있으리오."라고 하였다.

• 《광군방보》〈다보〉에 실린 〈전안도가 건계차를 부쳐온 것에 화답하여[和錢安
  道寄惠建茶]〉라는 소동파의 시 중 '설화우각하족도(雪花雨脚何足道)'라는 구절
  을 인용한 것임. 그런데 다예관본과 다송자본, 경암등초본은 소동파 시의 '雨
  脚(우각)'을 '兩脚(양각)'으로 오기하고 있다. 반면에 석경각본과 한국불교전서
  본은 '雨脚(우각)'으로 썼다. '雨脚(우각)'이 옳다.

山谷詩 我家江南探雲腴
산 곡 시 아 가 강 남 채 운 유

황산곡도 시에서 "내가 사는 강남에서는 운유차를 채취하네."라고 읊었다.

• 황산곡(黃山谷. 1045～1105) : 북송 시인. 강서시파(江西詩派)의 시조. 이름은 정
  견(庭堅), 자는 노직(魯直), 호는 산곡(山谷) 또는 부옹(涪翁).
◦ 황정견이 스승 소동파에게 보낸 시 〈쌍정차를 자첨에게 보내다[雙井茶送子瞻]〉

에 나오는 '아가강남적운유(我家江南摘雲腴)'를 인용하였다.

東坡 至僧院 僧梵英 葺治堂宇 嚴潔 茗飮芳烈
동 파 지 승 원 승 범 영 즙 치 당 우 엄 결 명 음 방 열

소동파가 승원에 갔는데 그 승원 스님의 법명은 '범영'이었다. 법당은 지붕을
수리하여 아주 깨끗하였고 차를 마셨는데 향기가 진했다.

問 此新茶也 英曰 茶性新舊交 則香味復
문 차 신 차 야 영 왈 차 성 신 구 교 즉 향 미 복

소동파가 묻기를 "이 차가 새 차입니까?" 하니, 범영이 대답하길 " 차의 성질
은 새 차와 묵은 차를 섞으면 향과 맛이 살아난답니다." 하였다.

- 왕호(王灝)의 《군방보》〈다보〉에 실린 소동파의 시 〈만송령에 있는 혜명원 벽
  에 적다[題萬松嶺惠明院壁]〉 중 '予去此十七年, 復與彭城張聖途丹陽陳輔之同
  來, 僧院梵英葺治堂宇, 比舊加嚴潔, 茗飮芳烈, 問：此新茶耶? 英曰：茶性
  新舊交 則香味復' 구절을 줄여서 인용하였다. 《다경(합)》〈다보소서〉에는 '予
  去此十七年, 復彭城張聖途同來, 僧院梵英葺治堂宇, 嚴潔, 茗飮芳烈, 問：茶
  新茶耶? 英曰：茶性新舊交, 則香味復'으로 인용되어 있어 《동다송》에 이르
  러서 글이 많이 간추려짐을 볼 수 있다.(정민·유동훈, 《한국의 다서》, 333쪽 참조.)

草茶成兩浙 而兩浙之茶品, 日注爲第一,
초 차 성 양 절 이 양 절 지 차 품 일 주 위 제 일

초차(草茶)는 절강성(浙江城, 浙東과 浙西)에서 생산되고, 양절에서 생산되는 차
중 일주차가 가장 좋다.

- 초차(草茶) : 주해자들에 따라 다양한 의견이 있다. 그러나 연고차의 반대 의
  미. 즉 차의 진액을 빼지 않은 차의 상태를 말하고, 일창일기(一槍一旗)의 어린

찻잎을 따서 만든 차다. 즉 떡 형태의 병차(餠茶)나 맷돌에 갈아낸 말차(末茶)가 아니고 잎의 형태가 살아 있는 잎차로 여겨진다.

○ 양절(兩浙) : 절강성을 일컫는다. 항주 서호(西湖)로 흐르는 전당강(錢塘江)을 중심으로 절동(浙東)과 절서(浙西)로 나뉜다.

自景祐 以來, 洪州雙井白芽漸盛, 近歲製作尤精
자 경 우 이 래 홍 주 쌍 정 백 아 점 성 근 세 제 작 우 정

其品遠出日注之上, 遂爲草茶第一.
기 품 원 출 일 주 지 상 수 이 초 차 제 일

경우(景祐, 1034~1037) 연간 이래로 홍주(洪州)의 쌍정차(雙井茶)와 백아차(白芽茶)가 점차 성해지고 근세에는 차 만드는 법이 더욱 정교해져 그 품질이 일주차(日注茶)보다 훨씬 나으니 초차(草茶) 중 으뜸이 되었다.

• 경우(景祐) : 송나라 4대 인종(仁宗, 1023~1063)의 연호.
○ 구양수(歐陽脩)의 《귀전록(歸田錄)》에 나오는 '草茶盛於兩浙, 兩浙之品, 自景祐以後, 洪州雙井白芽漸盛, 近歲製作尤精, 囊以紅紗, 不過二兩, 以常茶十數斤養之, 用辟署濕之氣. 其品遠出日注上, 遂爲草茶第一.'을 간추려서 인용한 것이다.(류건집, 《동다송 주해》, 215쪽 참조.)

[35] 建陽丹山碧水鄉
건 양 단 산 벽 수 향

건양은 산이 붉고 물이 푸른 고장인데

- 건양(建陽) : 복건성 서북쪽에 있는 지명. 건계(建溪)가 있고 차가 많이 생산됨.
  무이산의 남쪽에 위치. 황실 다원인 건안(建安) 북원(北苑)과 이웃하고 있다.(김
  대성, 《초의선사의 동다송》, 126쪽 참조.)

[36] 品題特尊雲澗月
품 제 특 존 운 간 월

제품으로는 특별히 운간월을 말한다네.

- 운간월(雲澗月) : 복건성(福建城) 건구현(建甌縣)에서 생산되는 품질이 좋은 차
  (茶). 흔히 '월간운감(月澗雲龕)'이라 합하여 부르는 월간차(月澗茶)와 운감차(雲
  龕茶)를 말한다. 그러나 김대성은 둘이 아닌 하나의 차 이름으로 보았고, 정민·
  유동훈과 류건집은 각각 다른 차로 보았다. 필자도 각각 다른 차라는 후자의
  설을 지지한다.

[原註]
遯齋閒覽 建安茶 爲天下第一
둔 재 한 람 건 안 차 위 천 하 제 일

《둔재한람》에 이르기를, "건안의 차가 천하제일이다."라고 하였다.

배화(焙火, 가향) 전 마지막 손질

- 《둔재한람(遯齋閒覽)》: 북송 시절 진정민(陳正敏)의 저서. 범정민(范正敏)이 저자로 나온 책도 있음. 일종의 초록으로 《소계어은총화전집(苕溪漁隱叢話前集)》 권46에 수록. 또 《증수시화총구후집(增修詩話總龜後集)》 권30에도 수록되어 있다.(용운, 〈동다송〉, 《월간다도》, 2000〜2001년 연재 참조.)
  - 건안차(建安茶): 건차(建茶), 혹은 건주차라고도 한다. 이 차가 나오는 건구현(建甌縣) 봉황산은 송대 북원(北苑)이 있던 역사적인 차 산지이다.(류건집, 《동다송 주해》, 231쪽 참조.)

孫樵送茶焦刑部曰 晚甘候十五人 遣侍齋閣
손 초 송 차 초 형 부 왈 만 감 후 십 오 인 견 시 재 각

손초가 초형부로 차를 보내며 이르기를, "만감후(차의 별칭) 15개를 조상을 모시는 재각으로 보냅니다.

- 손초(孫樵): 당나라 문인. 자는 가지(可之) 혹은 은지(隱之). 문집으로는 《손가지집(孫可之集)》이 전한다.(김명배, 《한국의 다서》, 75쪽 참조.)
  - 다예관본, 경암등초본, 다송자본, 한국불교전서본에는 '단부(丹部)'로 나오고, 석경각본에는 형부(刑部)로 나온다. 그러나 원전인 《청이록(淸異錄)》에 '형(刑)'으로 나와 있어 '형부(刑部)'로 고친다.
  ★ 만감후(晚甘候): 송나라 도곡(陶穀)의 《청이록(淸異錄)》에 실린 손초(孫樵)의 차 이야기에 '만감후(晚甘候)'라는 제목이 붙어 있다. 차의 떫은맛 뒤에 단맛이 도는 것에 빗대어 만감후(晚甘候)로 의인화해서 부른 것이다.
  - 견시재각(遣侍齋閣): 석경각본, 다예관본, 경암등초본, 조선불교전서본은 '집각(閣)'으로, 다송자본은 '쪽문 합(閤)'으로 달리 쓰고 있다. 그러나 번역상의 의미는 같다.

此徒乘雷而摘 拜水而和
차 도 승 뢰 이 적 배 수 이 화

이것들은 우뢰가 치는 시기 잎을 채취하여 정성껏 물을 길어 만든 것입니다.

- 승뢰이적(乘雷而摘) : 천둥이 자주 치는 시기(춘분 무렵)에 채취한 차라는 표현. 예부터 많은 언급이 있지만, 차 따는 가장 적합한 시기에 천둥이 많이 쳤다고 봄.
- 배수(拜水) : 석경각본을 번역한 정민·유동훈은 모문석(毛文錫)의 《다보(茶譜)》를 인용한 것으로 보고 '배수(拜水)'를 '물에 정성껏 절하고'로 해석하였다. 다예관본을 번역한 송재소 등도 같은 의견. 그러나 다송자본 번역자 김대성은 그냥 '길러'의 의미로 번역하였다. 용운은 '번개같이 길러'라고 번역하였다. 그러나 여기서 '배(拜)'는 제사나 절보다는 '정성껏'의 의미로 해석하는 것이 좋을 것 같다. 즉 '정성껏 길어'로 본다.

蓋建陽丹山碧水之鄉 月澗雲龕之品 慎勿賤用
개 건 양 단 산 벽 수 지 향 월 간 운 감 지 품 신 물 천 용

무릇 건양(建陽)은 산이 붉고 물이 푸른 지방으로 거기에서 생산되는 월간차나 운감차는 천하게 사용할 것이 아니고 신중하게 대해야 합니다."라 하였다.

- 《군방보》〈다보〉의 '孫樵送茶刑部書 : 晚甘候十五人 遣侍齋閣. 此徒皆乘雷而摘, 拜水而和, 蓋建陽丹山, 碧水之鄉, 月澗雲鑑之品, 慎勿賤用之.'라는 구절을 인용한 것이고, 원 출전은 도곡(陶谷)의 《청이록(淸異錄)》이다. 《다경(합)》〈다보소서〉에는 '月澗雲龕之品' 부분이 '月磵雲龕之品'으로 필사되어 있는 것이 다르다.(정민·유동훈, 《한국의 다서》, 334쪽 참조.)

晚甘候 茶名
만 감 후 차 명

만감후(晚甘候)는 차를 말하는 것이다.

- 만감후(晚甘候)는 차를 의인화해서 그렇게도 부른다는 초의스님의 설명이다.

茶山先生 乞茗疏
다 산 선 생 걸 명 소

다산 선생은 차를 구하는 글에서

- 다산선생 걸명소(乞茗疏) : 석경각본, 다예관본, 경암등초본에서는 '걸명소(乞茗疏)'로 되어 있고, 다송자본과 한국불교전서본에서는 '걸차소(乞茶疏)'로 되어 있다. 용운스님은 《여유당전서(與猶堂全書)》 권1에 〈이아암선자걸명(飴兒菴禪子乞茗疏)〉으로 되어 있다고 하였다.(용운, 〈동다송〉, 《월간 다도》, 2000~2001년 연재 참조.) 정민·유동훈은 다산이 1805년 아암혜장에게 보낸 글의 필사본 〈열수문황〉에 〈이아암선자걸명소(飴兒菴禪子乞茗疏)〉로 되어 있다고 하였다.(정민·유동훈, 《한국의 다서》, 334쪽 참조.) 그러나 이 글의 원본은 전하지 않고 《다산시집》에도 없다. 김대성에 의하면 "1970년 초 해남의 골동가게에서 팔려나가는 다산의 이 글을 보고 해남의 김두만이 그 자리에서 필사한 내용이다."라고 하였다.(김대성, 《초의선사의 동다송》, 131쪽 참조.)

朝華始起 浮雲晶晶於晴天 午睡初醒 明月離離於碧澗
조 화 시 기 부 운 효 효 어 청 천 오 수 초 성 명 월 이 이 어 벽 간

"아침 햇살 떠오르면 맑은 하늘 흰 구름 둥실 떠가고 낮잠에서 막 깨어나니 밝은 달빛 맑은 시내에 흩뿌려지누나"라고 읊으셨다.

[37] 東國所産元相同
동 국 소 산 원 상 동
우리나라에서 나는 차도 원래는 서로 같아

[38] 色香氣味論一功
색 향 기 미 론 일 공
빛깔과 향, 기운과 맛, 효능은 한 가지네.

[39] 六安之味蒙山藥
육 안 지 미 몽 산 약
육안차 맛에 몽산차 약효 지녀

• 육안(陸安) : 석경각본이나 다예관본, 다송자본 모두 '陸安(육안)'으로 나와 있
으나 명나라 허차서의 《다소(茶疏)》에는 여섯 '육(六)'으로 되어 있다. '육안차
(六安茶)'는 중국 안휘성 육안군(六安郡) 곽산(藿山)에서 나는 명차 이름이다.(용

운, 〈동다송〉, 《월간 다도》, 2000~2001년 연재 참조.) 육안은 합비 근처의 지명으로, 그 반대편에서는 귀신 형용을 닮은 차가 생산되고 황산모봉도 육안 근처에서 난다. 류건집은 '六(육)'의 갖춘 글씨가 '陸(육)'이므로 같은 글자로 보았다.(류건집, 《동다송 주해》, 250쪽 참조.)

◦ 몽산차(蒙山茶) : 사천성 몽산(蒙山) 중봉 꼭대기에서 나는 차. '몽정차(蒙頂茶)'라고도 한다.

[40] 古人高判兼兩宗
고 인 고 판 겸 양 종

옛사람은 둘 겸함 높이 평가했네.

• 고인(古人) : 《동다기(東茶記)》를 지은 이덕리.

[原註]

東茶記云 惑疑 東茶之效 不及越産
동 다 기 운 혹 의 동 차 지 효 불 급 월 산

《동다기(東茶記)》에 이르기를, "어떤 이는 우리나라에서 나는 차가 월(越)나라 지방의 차에 미치지 못한다고 의심을 한다.

• 《동다기(東茶記)》 : 그동안 다산 정약용의 저서로 알려져 왔다. 그러다 정민 등에 의해 이덕리가 지은 《기다(記茶)》의 존재가 알려졌고, 이것이 앞선 법진본 《다기(茶記)》보다 내용이 많고 오자(誤字)도 적다는 것이 밝혀졌다. 이로써 《다기》와 《기다》와 《동다기》는 같은 글이고, 그 저자는 이덕리라는 것이 명백해졌다. 《기다》의 판본으로는 다산의 제자 이시헌이 필사한 '백운동본', 백운동

운치 있는 조선의 찻종

본을 해서로 정서한 '의암본', 1891년 백양사 승려 법진이 필사한 '법진본'이 있다. 《동다송》의 이 구절에서 초의스님이 인용한 문장은 실제로 《기다》에 그 대로 실려 있다. 그러나 초의스님이 말한 《동다기》와 이덕리의 《기다》가 동일한 것인지는 명확하지 않다.(정민·유동훈, 《한국의 다서》, 75쪽 참조.)

- 월산(越産) : 월나라는 지금의 절강성 소흥(紹興)에 수도를 두었던 나라이며, 여기서는 절강성 항주 일대를 말한다.

以余觀之 色香氣味 少無差異
이 여 관 지 색 향 기 미 소 무 차 이

이에 내가 살펴보니 빛깔과 향, 기운과 맛이 조금도 차이가 없다.

茶書 云
다 서 운

다서에 이르기를

- 《다서(茶書)》 : 아직 어떤 문헌인지 밝혀지지 않았다. 용운과 정민·유동훈은 허준의 《동의보감》 '탕액편(湯液篇)—목부(木部)—고차(苦茶)' 부분과 내용이 비슷하다고 하였으나 육안차를 비롯한 우리나라와 중국의 차 이름이 언급되었을 뿐좀 거리가 있다.(용운, 〈동다송〉, 《월간 다도》, 2000~2001년 연재 참조.) 류건집은 여러 가지 차에 관한 책들 즉 《당국사보(唐國史補)》, 《몽정다설(蒙頂茶說)》, 《다보(茶譜)》 등의 다서(茶書)들을 말한다고 보았다.(류건집, 《동다송 주해》 참조.) 불명확하다.

陸安茶以味勝 蒙山茶以藥勝 東茶蓋兼之矣
육 안 차 이 미 승 몽 산 차 이 약 승 동 차 개 겸 지 의

'육안차(陸安茶)는 맛이 뛰어나고 몽산차(蒙山茶)는 그 약성이 뛰어나다.'고 했는데, 우리나라 차는 그 두 가지를 겸하고 있다.

若有李贊皇陸子羽 其人必以余言爲然也
약 유 이 찬 황 육 자 우 기 인 필 이 여 언 위 연 야

만약 이찬황과 육자우 두 사람이 있었다면 그들은 반드시 내 말이 옳다고 할
것이다."라 하였다.

- 이찬황(李贊皇) : 당나라 무종(武宗) 시기 재상을 지낸 이덕유(李德裕, 789~849).
  차에 대한 사치가 심하여 혜산천의 물로만 차를 달여 마셨다고 한다. 또 "(이찬
  황이) 몽산의 차를 얻어 고기가 들어있는 탕에 쏟아부었는데 다음날 보니 고기
  가 하나도 없었다."는 기록이 있다. 이로 보건대 차의 약효를 실험한 사람 중
  한 명이다.
- 육자우(陸子羽) : 중국 다도의 대표 인물이며 《다경(茶經)》의 저자.
- ★ 《다경(합)》에 있는 《기다》 부분을 그대로 인용하였다. 《기다(記茶)》 백운동본의
  내용도 동일하다.(정민·유동훈, 《한국의 다서》, 335쪽 참조.)

[41] **還童振枯神驗速**
환 동 진 고 신 험 속
늙음 떨쳐 젊어지는 신통한 효험 빨라

[42] **八耋顔如天桃紅**
팔 질 안 여 요 도 홍

여든 살 노인 얼굴 복사꽃처럼 붉네.

[原註]

李白云 玉泉眞公 年八十 顔色如桃李
이 백 운 옥 천 진 공 연 팔 십 안 색 여 도 리

이백이 이르기를, "옥천사의 진공은 나이가 팔십인데 얼굴빛이 복사꽃, 오얏
꽃 같이 붉다.

- 옥천사(玉泉寺) : 호북성 당양현 서쪽 옥천산에 있는 절.
- 이백의 시 〈족질인 중부가 옥천사의 선인장차를 준 데 답례하여〉에 나오는 구
  절을 인용했다. 본래의 시에는 '연팔십여(年八十餘)'로 나오는데 초의스님은
  '年八十(연팔십)'으로 썼다.
- *《동다송》에는 '도리(桃李)'로 나오나 이백의 시 원문에는 '도화(桃花)'로 되어 있다.

此茗香淸異于他 所以能還童振枯 而令人長壽也
차 명 향 청 이 우 타 소 이 능 환 동 진 고 이 영 인 장 수 야

이 차는 향이 맑기가 다른 곳과 달라 능히 아이로 돌아가게 하고 시들어 마른
것을 떨쳐 사람으로 하여금 오래 살게 한다."고 하였다.

- 이백의 시에 나오는 '차명청활숙향청(此茗淸滑熟香淸) 이우타산(異于他山)'을 간
  추려 '차명향청이우타(此茗香淸異于他)'로 썼다.
- 다예관본, 석경각본 등 모든 《동다송》 판본에는 '소이능환동진고(所以能還童振
  枯) 이영인장수야(而令人長壽也)'로 나와 있으나, 이백의 시 원문은 '소이능환동
  진고(所以能還童振枯) 부인수야(扶人壽也)'로 되어 있다.

[43] 我有乳泉挹成秀碧白壽湯
아 유 유 천 읍 성 수 벽 백 수 탕

나에게 유천(乳泉)이 있어 수벽백수탕(秀碧百壽湯) 만들어

- 유천(乳泉) : 유천은 일반적으로 좋은 물을 말하고, 원래는 종유동굴에 흐르는 물을 의미한다. 여기서는 일지암의 샘물을 말하고 있다. 추사의 부친 김노경은 유배에서 풀려나 서울로 가는 길에 일지암에 들렀다. 자기 아들이 호형호제하는 중놈이 어떤 놈인지 알아보기 위한 걸음이었다. 그런 노인장에게 차를 올리며 초의스님은 이 유천을 소재로 이런 시를 읊으셨다. "무궁산하천(無窮山下泉) 보공시방려(普供十方侶) 각지일표래(各指一瓢來) 총득전월거(總得全月去)." "퍼내도 퍼내도 마르지 않은 산 아래 샘물 있으니, 세상 모든 중생에게 보시하고도 남는다네. 저마다 표주박 하나씩 들고 오시어, 달 하나를 오롯이 건져 마음에 품어가시게."라는 의미의 오도송이다. 샘을 소재로 온전한 깨달음의 섭리를 노래한 이 시를 읽어본 김노경은 깜짝 놀라서 그날 밤 일지암에서 잠까지 자고갔다. 그러면서 일지암 유천의 물맛을 크게 칭찬했다고 한다. 물론 이때의 물맛이란 곧 초의스님의 시재와 학문적 경지와 도에 대한 성취까지를 포괄하는 것이겠다. 그래서인지 나중에 경상도관찰사가 되어 내려온 김노경은 해인사 대적광전을 짓는 일에 팔 걷고 나서서 큰 보시를 한다. 이 일을 성사시킨 인물이 초의스님이라고 대적광전 상량문에 적혀 있다. 당시 해인사 스님들이 관찰사 김노경과 초의스님의 관계를 알고 스님을 해인사로 모셔왔던 것이다. 최근 건물 중수를 하면서 상량문을 통해 알게 된 사실이며, 이 상량문을 쓴 이는 추사 김정희다.

○ 다예관본, 한국불교전서본, 다송자본, 경암등초본에는 '把(잡을 파)'로 나와 있으나 석경각본에 나온 '挹(물 뜰 읍)'이 더 타당하다.

* 수벽백수탕(壽碧百壽湯) : 당나라 소이(蘇廙)가 쓴 《십육탕품》 중 3품 '백수탕(白壽湯)'과 8품 '수벽탕(壽碧湯)'을 합쳐 말한 것.

일지암 유천

[44] 何以持歸 木覓山前獻海翁
하 이 지 귀 목 멱 산 전 헌 해 옹

어떻게 가져가 목멱산 '해옹(海翁)'께 드릴까.

- 목멱산(木覓山) : 서울의 남산(南山).
- 해옹(海翁) : 홍현주(洪賢周)를 말함. 호가 해거재(海居齋).

[原註]

唐蘇廙著十六湯品
당 소 이 저 십 육 탕 품

당나라 소이(蘇廙)가 지은 《십육탕품》에,

- 소이(蘇廙) : 당나라 시대 인물로 《탕품(湯品)》을 지은 사람. 그 생애나 연대는 전하지 않는다.
- 《십육탕품(十六湯品)》 : 당나라 시대 '소이(蘇廙)'의 저서로, 원래 이름은 《탕품(湯品)》이다. 이 책의 원본은 전하지 않고 송나라 시기 도곡이 지은 《청이록(淸異錄)》 권4 〈명천부(茗荈部)〉에 실려 있다. 흔히 '16탕품(十六湯品)'이라고 부르는데, 물 끓이기, 따르기, 찻그릇, 물 끓이는 땔감 등 내용을 열여섯 가지로 나누어 설명하고 있기 때문.

第三曰 百壽湯 人過百息 水逾十沸 或以話阻 或以事廢
제 삼 왈 백 수 탕 인 과 백 식 수 유 십 비 혹 이 화 조 혹 이 사 폐

"제3품을 백수탕(百壽湯)이라고 한다. 백수탕은 사람이 백 살이 넘거나 물이 열 번 끓어 넘치는 경우를 말하는데 혹 대화를 하거나 다른 일로 방치하여 그러한 일이 발생한다.

- 다른 판본들에는 '息(식)'으로 나와 있고, 한국불교전서본에는 '壽(수)'로 나와 있다. 《십육탕품》 원문에 따라 '息(식)'으로 한다.

始取用之 湯已失性矣.
시 취 용 지 탕 이 실 성 의

그 물을 사용하려 하면 물은 이미 본성을 잃고 난 후다.

- 모든 판본에 '如(여)'로 나와 있는데, 《십육탕품》에는 '始(시)'로 되어 있다. 원문에 따라 '始(시)'로 바로잡는다
- 탕이실성의(湯已失性矣) : 다송자본, 다예관본, 경암등초본, 한국불교전서본에는 '失(실)'이 '生(생)'으로 나와 있다. 그러나 석경각본은 '失(실)'로 나와 있다. 인용 원문에 따라 '失(실)'로 바로잡는다.

敢問 皤鬢蒼顏之老夫 還可執弓扶矢以取中乎.
감 문 파 빈 창 안 지 노 부 환 가 집 궁 부 시 이 취 중 호

감히 묻노니, 머리 하얗고 얼굴 창백한 노인이 다시 젊어져 활을 들고 시위를 당겨 과녁을 맞힐 수 있겠는가?

- 《십육탕품(十六湯品)》에는 '대로(大老)'로, 《동다송》에는 '노부(老夫)'로 나와 있다.

還可雄登闊步以邁遠乎.
환 가 웅 등 활 보 이 매 원 호

다시 힘차게 길을 오르고 먼 길을 활보해 갈 수 있겠는가?"라 하였다.

- 웅등활보(雄登闊步) : 정민·유동훈은 《한국의 다서》에서 "모든 동다송 이본에서 '웅등활보(雄登闊步)'가 '웅ㅇ활보(雄ㅇ闊步)'로 '등(登)' 한 글자를 비워 놓은 것은, 초의가 소이(蘇廙)의 《십육탕품》을 직접 보면서 인용한 것이 아니라 《다경(합)》에 필사해 두었던 것을 보고 《동다송》을 썼기 때문"이라고 지적했다.(정민·유동훈, 《한국의 다서》, 337쪽 참조.) 실제로 소이의 《십육탕품》 중 제3품에 대한 설명은 "第三品百壽湯, 一名白髮湯, 人過百息, 水逾十沸, 惑以話阻 … 還可雄登闊步以邁遠乎."로 되어 있는데, 법진본 《다경(합)》에는 '등(登)'이 빠져있다. 또 원문 중 '一名白髮湯(일명백발탕)'도 제외하고 인용하였다.

우리나라의 대표적 찻물이자
한강의 발원지인 오대산 서대
의 우통수

第八日 秀碧湯
제 팔 왈 수 벽 탕

(또) "제8품은 수벽탕이다.

石凝天地秀氣而賦形者也. 琢而爲器 秀猶在焉
석 응 천 지 수 기 이 부 형 자 야   탁 이 위 기 수 유 재 언

돌은 하늘과 땅의 기운이 뭉쳐 형상을 갖춘 것이다. 이 돌을 쪼아 그릇을 만
들면 그 빼어남이 남아

• 《십육탕품》에는 '石凝結天地…'로 되어 있는데 '結(결)'을 생략하고 인용하였다.

其湯不良未之有也
기탕불양미지유야

그 탕이 좋지 않을 수 없다.”고 하였다.

- 소이(蘇廙)의 《십육탕품》을 그대로 인용한 부분.

近酉堂大爺 南過頭輪 一宿紫芋山房 嘗其泉曰 味勝酥酪
근유당대야 남과두륜 일숙자우산방 상기천왈 미승소락

근자에 유당(김노경) 어르신이 남쪽 두륜산에 들르시어 자우산방에서 하루 묵고 가셨다. 샘물을 맛보시고 “맛이 소락(酥酪)보다 좋다.”고 하셨다.

- 유당대야(酉堂大爺) : 추사(秋史)의 아버지 김노경(金魯敬). 강진현 고금도에 위리안치되었다가 귀양이 풀려 서울로 돌아가는 길에 일지암에 들러 샘물의 맛을 보고 칭찬했다는 일화를 전하고 있다.
- 자우산방(紫芋山房) : 일지암 옆 정자 이름.

[45] **又有九難四香玄妙用**
우유구난사향현묘용
아홉 가지 어려움과 네 가지 향을 다루는 현묘함을 터득하면

茶經云 茶有九難
다 경 운 차 유 구 난

《다경》에 이르기를, "차에는 아홉 가지 어려운 부분이 있다.

- 《다경》〈육지음(六之飮)〉과 《만보전서》의 〈다경채요〉을 인용한 부분.

一曰造 二曰別 三曰器 四曰火 五曰水
일 왈 조 이 왈 별 삼 왈 기 사 왈 화 오 왈 수

첫째는 만들기이고, 둘째는 감별하기, 셋째는 그릇이요, 넷째는 불이며, 다섯째는 물이다.

六曰炙 七曰末 八曰煮 九曰飲.
육 왈 적 칠 왈 말 팔 왈 자 구 왈 음

여섯째는 불에 굽는 것이요, 일곱째는 가루 내는 것이며, 여덟째는 끓이는 것이요, 아홉째는 마시는 것이다.

陰採夜焙 非造也. 嚼味嗅香 非別也.
음 채 야 배 비 조 야 작 미 후 향 비 별 야

흐린 날 따서 밤중에 말리는 것은 잘못된 제조법이다. 씹어서 맛을 보고 향기를 맡는 것은 올바른 감별법이 아니다.

- 다예관본, 다송자본, 경암등초본, 석경각본은 모두 '采(채)'로 되어 있고 한국불교전서본은 '探(채)'로 되어 있다. 《다경》에도 '採(채)'로 되어 있으므로 '採(채)'로 바로잡는다.

羶鼎腥甌 非器也. 膏薪庖炭 非火也.
전 정 성 구 비 기 야   고 신 포 탄 비 화 야

누린내 나는 솥이나 비린내 나는 그릇은 적당한 그릇이 아니다. 송진이 든 나무나 부엌에서 쓰는 숯은 적당한 땔감이 아니다.

飛湍壅潦 非水也. 外熟内生 非灸也.
비 단 옹 료 비 수 야   외 숙 내 생 비 적 야

날리는 여울물이나 웅덩이에 고인 물은 알맞은 물이 아니다. (차가) 겉은 익고 속은 날것이면 잘 구운 차가 아니다.

- 다송자본, 석경각본, 경암등초본, 다예관본, 한국불교전서본에는 '熱(열)'로 나와 있는데 인용 원본인 《다경》〈육지음(六之飮)〉에는 '熟(숙)'으로 되어 있다. '熟(숙)'의 오기로 보고 바로잡는다.

碧紛飄塵 非末也. 操艱攪遽 非煮也.
벽 분 표 진 비 말 야   조 간 교 거 비 자 야

푸른 가루가 먼지처럼 날리는 것은 제대로 된 가루차가 아니고, 서툰 솜씨로 끓이거나 휘저으면 제대로 차를 달이는 것이 아니다.

- 석경각본, 다송자본, 한국불교전서본에는 '표진(飄塵)'으로 나온다. 그런데 일부 주해서는 다예관본, 경암등초본의 해당 글자를 '표장(飄庄)'으로 읽었다. 이는 전사(轉寫) 시 간자로 쓴 것으로 보인다.

夏興冬廢 非飮也.
하 흥 동 폐 비 음 야

여름에 열심히 마시다가 겨울에 전혀 안 마시는 것도 바르게 차를 마시는 것이 아니다."라 하였다.

- 육우의 《다경》〈육지음(六之飮)〉의 문장을 인용하여 《동다송》에 적용. 이 부분은 계절에 따라 차를 마시고 안 마시는 것이 아니라 항상 마셔야 한다는 의미.

萬寶全書 茶有眞香 有蘭香 有淸香 有純香.
만 보 전 서 차 유 진 향 유 난 향 유 청 향 유 순 향

《만보전서》에 이르기를, "차에는 진향, 난향, 청향, 순향이 있다.

表裏如一曰純香 不生不熟曰淸香
표 리 여 일 왈 순 향 불 생 불 숙 왈 청 향

겉과 속의 향기가 같은 것을 순향이라 하고, 날것도 아니고 너무 익지도 않은 향기를 청향이라고 한다.

- 《다신전》〈향(香)〉 부분에 '불생불숙왈청향(不生不熟曰淸香)'으로 나온다. 석경 각본 《동다송》에도 '숙(熟)'으로 되어 있다. 반면 다예관본, 다송자본, 경암등초본, 한국불교전서본에는 '열(熱)'로 나온다. '불생불숙(不生不熟)'을 택한다.

火候均停曰蘭香 雨前神具曰眞香
화 후 균 정 왈 난 향 우 전 신 구 왈 진 향

불기운이 고루 스민 것을 난향이라 하고, 곡우 전에 채취하여 찻잎의 상태가 잘 갖추어진 것을 진향이라고 한다."라 하였다.

此謂四香.
차 위 사 향

이것을 일컬어 네 가지 향이라 한다.

[46] 何以教汝玉浮臺上坐禪衆
하 이 교 여 옥 부 대 상 좌 선 중

어찌하면 옥부대(玉浮臺)에서 참선하시는 스님들께 알려줄까?

- 옥부대(玉浮臺) : 지리산 칠불선원에 있는 수련하는 대. '옥부대'를 '옥보대(玉寶臺)'라고도 하는데 이는 수로왕의 왕비 허왕후의 오빠 장유화상의 속명(俗名)이 보옥(寶玉)이어서 이를 거꾸로 불렀다고도 전한다.

[原註]

智異山花開洞 茶樹羅生四五十里 東國茶田之廣 料無過此者
지 리 산 화 개 동 차 수 라 생 사 오 십 리 동 국 차 전 지 광 료 무 과 차 자

지리산 화개동(花開洞)에는 차나무가 4~5십 리에 걸쳐 자란다. 우리나라 차밭으로는 이보다 넓은 곳은 없는 것으로 여겨진다.

洞有玉浮臺 臺下 有七佛禪院
동 유 옥 부 대 대 하 유 칠 불 선 원

화개동에는 옥부대(玉浮臺)가 있는데 그 대 아래 칠불선원이 있다.

坐禪者常晩取 老葉晒乾 然柴煮鼎 如烹菜羹
좌 선 자 상 만 취 노 엽 쇄 건 연 시 자 정 여 팽 채 갱

좌선하는 스님들이 항상 늦게 쇤 찻잎을 채취하여 햇볕에 말린다. 그리고 땔나무로 솥에 국 끓이듯 하여

- 쇄건(晒乾) : 초의스님은 햇볕에 말리는 것을 좋은 방법이 아니라고 생각하셨던 것 같다. 그러나 중국 명나라 전예형(田藝蘅)은 《자천소품(煮泉小品)》〈의차(宜茶)〉에서 '芽葉以火作者爲次(아엽이화작자위차) 生瞱者爲上亦更近自然(생려

하동 칠불사

　제1부 《동다송》 원문과 해설

자위상역갱근자연)'이라고 하여 햇볕에 말린 것을 첫째로 쳤다. 하지만 이런 쇄건은 초의스님이 말하는 녹차의 제다법과는 거리가 멀다. 녹차를 만들면서 햇볕에 말린다는 것은 말도 안 되는 얘기다. 쇄건이 의미를 갖는 제다법으로는 보이차 제다법이 있다. 보이차 제다에서는 살청 및 유념 후에 햇볕에 차를 바싹 말리는데, 이 쇄건이 매우 중요한 과정이다. 이렇게 만들어진 모차를 운모에 찍어 모양을 만들고 죽순 껍질로 포장하여 은근히 숙성시키면 보이차가 되는 것이다. 쇄건은 녹차 제다법과는 무관하고, 초의스님도 그래서 이런 쇄건을 통해 차를 만들면 안 된다는 설명을 하고 있는 것이다.

濃濁色赤味甚苦澀
농 탁 색 적 미 심 고 삽

진하고 탁하며 그 색이 붉다. 맛은 매우 쓰고 떫다.

政所云 天下好茶 多爲俗手 所壞
정 소 운 천 하 호 차 다 위 속 수 소 괴

참으로 천하의 좋은 차가 속된 솜씨로 대부분을 버려 놓은 것이 된 것이다.

- 정소(政所) : 김명배는 《차의 세계》 2005년 5월호에서 '정소(政所)는 1. 사람 이름, 2. 장소, 3. 바로 …'라고 하였고, 류건집은 '정소(政所)에서 이르기를'이라고 해석하였다. 김대성과 용운스님은 '그 의미를 정확히 알 수 없다.'고 하였고, 박동춘은 '다시 정확히 말한다면'으로 해석했다. 정민·유동훈은 '참으로'로 해석하고, 정영선은 '바로'로 번역하였다. 번역에서는 일단 정민·유동훈을 따른다.

[47] 九難不犯四香全

구 난 불 범 사 향 전

구난(九難)을 범치 않고 사향(四香)도 보전하니

[48] 至味可獻九重供

지 미 가 헌 구 중 공

지극한 맛 가히 임금께 바칠 만하네.

[49] 翠濤綠香纔入朝

취 도 녹 향 재 입 조

푸른 물결 초록 향기 이제 막 마셔보니

入朝于心君
입 조 우 심 군

차 맛이 마음 깊이 스미는 것을 말한다.

- 입조우심군(入朝于心君) : 앞의 구중공(九重供)에 대한 대구(對句)로 이런 표현을 썼다. '마음으로 입조하다.' 즉 '차를 마시자마자'라는 의미.

茶書曰 甌泛翠濤 碾飛綠屑
다 서 왈 구 범 취 도 연 비 녹 설

다서에 이르기를 "찻잔에 푸른 거품 떠돌고 맷돌에는 녹색 가루 날리네."라 하였다.

- 다서(茶書) : 여기서는 《군방보》 〈다보소서(茶譜小序)〉를 말한다.
- 〈다보소서〉의 '구범취도(甌泛翠濤) 연비녹설(碾飛綠屑)'을 인용한 것이다.

又云 茶以靑翠爲勝 濤以藍白爲佳
우 운 차 이 청 취 위 승 도 이 남 백 위 가

또 이르기를 "차는 푸른 비췻빛이 가장 좋고 찻물의 거품은 쪽빛 백색이 좋다.

- 여기서 말하는 좋은 차는 오늘날의 덖음 녹차 얘기가 아니다. 덖음녹차 이야기와 가루차용 병차 이야기를 다소 어수선하게 설명하는 바람에 후인들이 헷갈릴 소지가 생겼다. 이 대목에서 설명한 좋은 차는 오늘날의 말차와 같은 차를 말하는 것이다.

黃黑紅昏俱不入品
황 흑 홍 혼 구 불 입 품

누런색, 검은색, 붉은색, 어두운색은 좋은 제품에 들지 못한다.

雲濤爲上 翠濤爲中 黃濤爲下
운도위상 취도위중 황도위하

(차는) 구름 같은 거품이 상품이요, 비취빛 거품은 중품, 누런 거품은 하품이
다."라 하였다.

- 장원의 《다록(茶錄)》〈색(色)〉에는 '설도(雪濤)'로 나오나 《동다송》에서는 '운도
(雲濤)'로 표기하였다.
- 장원의 《다록》〈색(色)〉 부분을 그대로 인용하였다.

陳麋公詩
진미공시

진미공이 시(詩)에서 이르기를,

- 진미공(陳麋公) : 본명은 진계유(陳繼儒, 1558~1639)로 중국 청나라 문인. 저서
로 《다화(茶話)》, 《다동보(茶董補)》 등이 있다.

綺陰攢盖 靈草試旂
기음찬개 영초시기

"아름다운 그늘 가득 덮인 곳, 영초 시험하려 싹을 땄다네.

- 진미공의 시 원문에는 '기이함을 시험한다.'는 의미의 '시기(試奇)'로 되어 있는
데, 《동다송》에서는 깃발을 의미하는 '깃발 기(旂)'로 표기되었다.

竹爐幽討 松火怒飛
죽로유토 송화노비

죽로에 그윽이 끓여내니, 솔불이 드세구나.

- 다예관본, 한국불교전서본, 경암등초본의 '恕(서)'는 진미공 시 원문의 '松火怒

飛(송화노비)'에 의거하여 석경각본의 '怒(노)'로 바로잡는다.

水交以淡 茗戰而肥
수 교 이 담 명 전 이 비
물과 어울려 담백하고, 차 겨루기 즐거우니

綠香滿路 永日忘歸
녹 향 만 로 영 일 망 귀
길 가득 푸른 향기에, 종일토록 돌아감도 잊었다네."라 하였다.

[50] 聰明四達無滯雍
총 명 사 달 무 체 옹
총명함이 사방으로 막힌 곳이 없어라.

[51] 矧爾靈根托神山

신 이 영 근 탁 신 산

신령스런 너의 뿌리 신산에 의탁하니

- 신산(神山) : 지리산을 '삼신산(三神山)'이라고도 함. 여기서는 지리산을 말함.

[原註]

智異山世稱方丈

지 리 산 세 칭 방 장

지리산을 세상에서는 방장산이라 일컫는다.

- '대지문수사리(大智文殊師利)'에서 '지리(智利)' 두 글자를 뽑아 만듦.

[52] 仙風玉骨自另種

선 풍 옥 골 자 령 종

신선의 풍모 옥 같은 모습 절로 다르다네.

[53] 綠芽紫筍穿雲根
녹 아 자 순 천 운 근
푸른 싹 붉은 순 바위 뚫고 올라

- 운근(雲根) : 구름의 뿌리. 바위를 말함. 바위에서 안개가 일어 구름이 된다는
  사고(思考)에서 탄생한 단어.

[54] 胡靴犎臆皺水紋
호 화 봉 억 추 수 문
오랑캐 신발 물소 가슴처럼 주름진 무늬

- 《다경》의 〈삼지조(三之造)〉에 나오는 문장을 인용하여 비유.

[原註]
茶經云
다 경 운
《다경》에 이르기를,

生爛石中者爲上 礫壤者次之
생 란 석 중 자 위 상 력 양 자 차 지
"돌이 풍화된 땅에서 자란 것이 으뜸이요, 자갈 섞인 흙에서 자란 것이 그다음이

다.”라 하였다.

- 란석(爛石) : 돌이 풍화되어 흙이 된 상태.
- 력양(礫壤) : 자갈이 섞인 흙.

又曰谷中者爲上
우 왈 곡 중 자 위 상

또 이르기를, “골짜기에서 자란 것이 으뜸이다.”라 하였다.

- 이 부분은 《다경》〈일지원(一之源)〉의 '其地 上者生爛石, 中者生礫壤, 下者生黃土'라는 내용과 《증만보전서》〈다경채요〉의 '産谷中者爲上'을 인용한 것이다. 즉 초의스님이 《다경》과 《만보전서》의 내용을 정리하여 화개동 차의 우수성을 설명한 것이다.(정민·유동훈, 《한국의 다서》, 342쪽 참조.)

花開洞茶田 皆谷中兼爛石矣
화 개 동 차 전 개 곡 중 겸 난 석 의

화개동의 차밭은 모두 골짜기에 있고 겸하여 풍화된 땅이다.

茶書又言
다 서 우 언

다서에 또 이르기를,

- 다서 : 《만보전서》와 《다경》을 일컬음.

葉紫者爲上 皺者次之綠者次之
엽 자 자 위 상 추 자 차 지 녹 자 차 지

“(찻잎은) 자줏빛 나는 것이 으뜸이요, 주름진 것이 그다음이요, 초록빛 나는 것

은 그다음이다.

- 다송자본, 다예관본, 경암등초본에는 '茶紫者爲上(차자자위상)'으로 나와 있고, 석오본에는 '葉紫者爲上(엽자자위상)'으로 나와 있으며, 한국불교전서본에는 '紫茶者爲上(자차자위상)'으로 나와 있다. 《다경》〈일지원(一之源)〉에는 '紫者上綠者次(자자상녹자차)'로 나와 있고, 《다신전》에는 '茶芽非紫爲上(차아비자위상)'으로 나온다. '葉(엽)'과 '紫(자)'의 한자가 비슷하여 전사(轉寫) 시 누군가 일으킨 오류로 보인다.
  - 추자차지(皺者次之) : 다송자본에는 '피자차지(皮者次之)'로 되어 있고, 다예관본, 경암등초본, 석경각본, 한국불교전서본에는 '추자차지(皺者次之)'로 되어 있다. 그러나 《다신전》에는 '이추자차지(而皺者次之)', 《다록》에는 '면추자차지(面皺者次之)'로 나와 있어 '추자차지(皺者次之)'로 본다.

如筍者爲上似芽者次之
여 순 자 위 상 사 아 자 차 지

죽순처럼 생긴 것이 으뜸이요, 싹처럼 생긴 것이 그다음이다."라 하였고,

其狀如胡人靴者蹙縮然如犎牛臆者廉沾然
기 상 여 호 인 화 자 축 축 연 여 봉 우 억 자 렴 첨 연

"그 모양은 오랑캐의 가죽신처럼 주름이 졌고 물소의 앞가슴처럼 축 늘어지며

如輕飈拂水者涵澹然
여 경 표 불 수 자 함 담 연

가벼운 회오리바람이 물결 위를 살짝 스치는 것 같다.

- 여경표불수자(如輕飈拂水者) : 다송자본, 경암등초본, 다예관본, 한국불교전서본에는 '여경표불의자(如輕飈拂衣者)'로 되어 있다. 그러나 석경각본에는 '여경표불수자(如輕飈拂水者)'로 나와 있다. 앞서 '표수문(飈水紋)' 즉 주름진 물결무늬

라고 하였고, 《다경》에도 '여경표불수자(如輕飆拂水者)'로 나와 있으므로 '여경
표불수자(如輕飆拂水者)'로 보는 것이 옳다고 여겨진다.

此皆茶之精腴也
차 개 차 지 정 유 야

이것은 모두 차의 정수이다."라 하였다.

- 《다경》〈삼지조(三之造)〉의 '茶有千萬狀 鹵莽而言, 如胡人**鞾**者, 蹙縮然, 犎牛臆
  者, 廉襜然, 浮雲出山者, 輪囷然, 輕飆拂水者, 涵澹然, 有如陶家之子, 羅膏土
  以水澄泚之, 又如新治地者, 遇暴雨流潦之所經, 此皆茶香茶之精腴'를 인용.

[55] 吸盡瀼瀼清夜露
흠 진 양 양 청 야 로

간밤 내린 맑은 이슬 흠뻑 머금어

[56] 三昧手中上奇芬
삼 매 수 중 상 기 분

삼매경에 든 손끝 거치니 향 솔솔 올라오네.

[原註]

茶書云
다 서 운

다서에 이르기를,

- 다서(茶書) : 《다신전》을 말한다. 이하에서 실제로 《다신전》을 그대로 인용하고 있다.

採茶之候 貴及時 太早則味不全 遲則神散
채 차 지 후 귀 급 시 태 조 즉 미 부 전 지 즉 신 산

"차를 따는 것은 그 때를 맞추는 것이 중요하다. 너무 이르면 향이 온전하지 않고 늦으면 신기가 흩어진다.

- 향부전(香不全) : 다예관본, 경암등초본에는 '차부전(茶不全)'으로 되어 있고, 다송자본과 석경각본, 한국불교전서본에는 '향부전(香不全)'으로 되어 있으며, 《증만보전서》〈다경채요〉'채다론'에는 '미부전(味不全)'으로 되어 있다. 인용원문에 따라 '미부전(味不全)'으로 바로잡는다. 《증만보전서》〈다경채요〉 중 '採茶論 : 採茶之候 貴及其時, 太早則味不全, 遲則神散, 以穀雨前五日爲上, 後五日次之, 再五日又次之.'를 인용했다.

일타스님의 〈끽다거래〉 묵적. 조주의 다풍과 관련하여 필자와 대화 후 써주신 글이다.

以穀雨前五日爲上 後五日次之 再五日又次之
이 곡 우 전 오 일 위 상 후 오 일 차 지 재 오 일 우 차 지

곡우 전 5일이 가장 좋고 곡우 후 5일이 그다음이며 그 후 5일이 또 그다음이
다.”라 하였다.

- 석경각본, 경암등초본, 다예관본에는 ‘後(후)’에 ‘삼수변(氵)’이 붙어 있으나 그런
  글자는 없고 《다록》〈채다(採茶)〉의 원문에도 ‘後(후)’로 나와 있어 바로잡는다.
- 대부분의 전사본 《동다송》에는 ‘後五日又次之(후오일우차지)’로 나와 있는데
  《증만보전서(增萬寶全書)》〈다경채요(茶經採要)〉와 《다록(茶錄)》〈채다(採茶)〉에
  는 ‘재오일우차지(再五日又次之)’로 나와 있다. 정민·유동훈에 의하면 초의스님
  필사본 《다경(합)[茶經(合)]》 법진본에도 ‘재오일우차지(再五日又次之)’로 나와 있
  다고 한다. 후인들의 전사(轉寫) 시 오류로 보고 ‘재(再)’로 바로잡는다.(정민·유
  동훈, 《한국의 다서》, 344쪽 참조.)

然驗之東茶
연 험 지 동 차

그러나 우리나라의 차를 경험해보니

穀雨前後太早 當以立夏前後爲及時也.
곡 우 전 후 태 조 당 이 입 하 전 후 위 급 시 야

곡우 전후는 너무 빠르고 입하 전후가 알맞은 때인 것이다.

- 초의스님의 경험을 이야기한 부분. 《다기(茶記)》에서 이덕리도 ‘茶有雨前雨後
  之名, 雨前者雀舌是已, 雨後者卽茗蔎也. 茶之爲物, 早芽而晚茁, 故穀雨時茶
  葉未長, 須至小滿芒種, 方能茁大.’라고 하였다. 그런데 다예관본, 경암등초본,
  한국불교전서본에는 ‘당이입하후(當以立夏後)’로 나오고, 다송자본과 석경각본
  에는 ‘당이입하전후(當以立夏前後)’로 나온다. 이덕리의 《기다(記茶)》나 석경각
  본, 다송자본에 따라 ‘당이입하전후(當以立夏前後)’로 한다.(정민·유동훈, 《한국의
  다서》, 344쪽 참조.)

其採法
기 채 법

찻잎을 따는 방법은

- 석경각본, 다송자본, 한국불교전서본에는 '기채법(其採法)'으로 나와 있으나 경암등초본에는 '채법(採法)'이 생략되어 있고, 다예관본에는 '채법(採法)' 두 글자에 알 수 없다는 표식을 해두었다. 석경각본을 따른다.

徹夜無雲浥露採者爲上 日中採者次之 陰雨下不宜採
철 야 무 운 읍 로 채 자 위 상 일 중 채 자 차 지 음 우 하 불 의 채

밤새 구름이 없는 날 이슬 젖은 잎을 따는 것이 가장 좋고, 한낮에 따는 것이 그다음이며, 음산하게 비가 내릴 때 따는 것은 마땅치 않다.

- 《증만보전서》〈다경채요〉의 '채다론' 인용. 한국불교전서본에는 '採(채)'로 되어 있고, 다송자본, 석경각본, 경암등초본, 다예관본에는 '采(채)'로 나와 있다. 《증만보전서》〈다경채요〉의 '채다론'에는 '採(채)'로 나와 있다. 정민·유동훈의 《한국의 다서》에 의하면 초의스님의 《다경(합)》 필사본에는 '采(채)'로 되어 있다고 한다. 인용 원문인 《증보만보전서》에 따라 '採(채)'로 본다.

老坡送謙師詩曰 道人曉出南屏山 來試點茶三昧手
노 파 송 겸 사 시 왈 도 인 효 출 남 병 산 래 시 점 다 삼 매 수

소동파(蘇東坡)는 〈겸(謙) 스님을 송별하는 시〉에서 이렇게 읊었다.
"도인께서 남병산을 나오셔서 점다삼매(點茶三昧)의 솜씨 보여주시네."

- 소식의 〈송남병겸사(送南屏謙師)〉 중 '并引 : 南屏謙師妙於茶書, 自云 : 得之於心, 應之於手, 非可以言傳學到者. 十二月二十七日, 聞軾遊落星, 遠來設茶, 作此詩贈之.', '道人曉出南屏山, 來試點茶三昧手, 忽驚午盞兎毛斑, 打作春甕鵝兒酒.'에서 인용.(정민·유동훈, 《한국의 다서》, 344쪽 참조) 그리고 석경각본과 한국불교전서본에는 '點茶(점다)', 다송자본에는 '点茶(점다)', 다예관본과 경암등초본에는 '黙茶(묵다)'로 나온다. 소동파의 원시(原詩)에 의거 '點茶(점다)'로 한다."

[57] 中有玄微妙難顯
중유현미묘난현
그 속 깃든 현미함 표현하기 어려우니

• 현미(玄微) : 유현(幽玄)하고 미묘(微妙)함.

[58] 眞精莫教體神分
진정막교체신분
참된 정기는 체와 신을 나누지 못하리라.

[原註]

造茶篇云 新採揀去老葉 熱鍋焙之
조다편운 신채간거노엽 열과배지

〈조다〉편에 이르기를, "새로 따온 찻잎은 쉰 잎을 골라내고 뜨거운 노구솥에 덖는다.

• 揀(간) : 석경각본, 다예관본, 경암등초본, 한국불교전서본에는 '揀(가릴 간)'으로 나와 있고, 다송자본에는 '柬(가릴 간)'으로 나와 있다. 그러나 둘 다 의미는 같다.

살청(殺靑)

候鍋極熱 始下茶急炒 火不可緩
후 과 극 렬 시 하 차 급 초 화 불 가 완

솥이 몹시 뜨거워지기를 기다려 찻잎을 넣고 빠르게 덖는다. 이때 불을 약하게
해서는 안 된다.

- 다예관본, 경암등초본에는 '急妙(급초)'로 나와 있고, 석경각본, 다송자본, 한국
  불교전서본에는 '急炒(급초)'로 되어있다. 《증만보전서》의 〈다경채요〉에 '急炒
  (급초)'로 되어 있어 인용 원본에 따른다.

待熟方退 撤入篩中 輕團挪數遍
대 숙 방 퇴 철 입 사 중 경 단 나 수 편

익기를 기다려 바로 체 안에 거두어 넣는다. 가벼운 덩어리를 가볍게 비빈 뒤

- 枷(도리깨 가, 형틀 가) : 석경각본, 다송자본, 경암등초본, 다예관본, 한국불교전
  서본 등 일반 《동다송》 전사본에는 '枷(가)'로 나와 있으나 《만보전서》나 《다
  록》에는 '挪(비빌 나)'로 나와 있다. 《동다송》 필사본들에는 '枷(도리깨 가)', 즉
  '체질한다'는 의미로 나와 있으나, 모든 것을 종합해 보면 '挪(비빌 나)'로 보는
  것이 합당할 것으로 여겨진다.(김대성, 《초의선사의 동다송》, 186쪽 참조.)

復下鍋中 漸漸減火 焙乾爲度
복 하 과 중 점 점 감 화 배 건 위 도

솥에 다시 넣고 점점 불을 줄여가며 말리는 것을 법도로 한다.

中有玄微 難以言顯
중 유 현 미 난 이 언 현

이 가운데 현묘하고 미미한 것이 있으나 말로 표현하기는 힘들다."고 하였다.

- 《증만보전서》〈다경채요〉의 '造茶 新採, 揀去老葉及枝梗碎屑, 鍋廣二尺四寸,

將茶一斤半焙之, 候鍋極熱, 始下茶急炒, 火不可緩, 待熱方退火, 徹入篩中, 輕團枷數遍, 復下鍋中, 漸漸減火, 焙乾爲度, 中有玄微, 難以言顯'을 인용하였다. 즉 앞부분 '造茶 新探, 揀去老葉及枝梗碎屑, 鍋廣二尺四寸, 將茶一斤半焙之'를 간략히 줄여 인용하고, '篩(체 사)'를 '筵(체 사)'로 바꿔 썼다. 정민·유동훈의 《한국의 다서》에 따르면, 초의스님 전사본(轉寫本) 《다경(합)》 〈채다론〉에도 '待熱方退火, 徹入筵中'으로 되어 있어 이미 《다경(합)》 전사 때부터 《증만보전서》의 '篩(체 사)'를 '筵(체 사)'로 필사한 것을 확인할 수 있다고 한다.

品泉云 茶者水之神 水者茶之體
품 천 운 차 자 수 지 정 수 자 차 지 체

〈품천(品泉)〉편에 이르기를, "차는 물의 정신(神)이고 물은 차(茶)의 육체(體)이다.

- 다송자본, 한국불교전서본에는 '茶者水之精(차자수지정)'으로 되어 있다. 석경각본, 다예관본, 경암등초본에는 '茶者水之神(차자수지신)'으로 나온다. 《만보전서》와 《다신전》에 '神(신)'으로 나오고 있어 '神(신)'으로 본다.

非眞水 莫顯其神 非精茶 莫窺其體
비 진 수 막 현 기 신 비 정 차 막 규 기 체

진짜 물이 아니면 그 정신을 드러내지 못하고 진짜 차가 아니면 그 육체를 드러내지 못한다."고 하였다.

- 석경각본에는 '非精茶(비정차)'로 되어 있다. 다송자본, 다예관본, 경암등초본, 한국불교전서본에는 '非眞茶(비진차)'로 나와 있다. 《만보전서》와 《다신전》에 의거 '非精茶(비정차)'로 본다.

- 《증만보전서》 〈다경채요〉의 '품천(品泉)'에 나오는 '茶者水之神, 水者茶之體, 非精水, 莫顯其神, 非精茶, 莫窺其體'를 인용. 그러나 《동다송》에서 초의스님은 '品泉(품천)'을 '泉品(천품)'으로 표기하였다. 그런데 정민·유동훈의 《한국의 다서》에 의하면 법진본 《다경(합)》 〈채다론〉에는 '品泉(품천)'으로 되어 있다고 한다. '品泉(품천)'으로 바로잡는 것이 옳다고 여겨진다.

[59] 體神雖全猶恐過中正
체 신 수 전 유 공 과 중 정

체와 신이 온전해도(물과 차가 잘 어우러진다 하더라도) 중정(中
正)을 잃을까 두려우니

[60] 中正不過健靈倂
중 정 불 과 건 영 병

중정이란 건(健)과 영(靈)이 나란함에 불과하네.

[原註]

泡法云 探湯純熟 便取起 先注壺中小許 盪去冷氣
포 법 운 탐 탕 순 숙 변 취 기 선 주 호 중 소 허 탕 거 냉 기

〈포법〉에 이르기를, "탕이 잘 익은 상태인지 깊이 살펴 바로 가져다 먼저 찻
주전자에 조금 부어 조금 따라 냉기를 가셔내고

傾出 然后 投茶 葉多寡宜酌 不可過中失正
경 출 연 후 투 다 엽 다 과 의 작 불 가 과 중 실 정

그것을 부어버린 후 찻잎을 넣는다. 차의 분량이 많고 적음을 잘 헤아려 중정
을 지나쳐 정중을 잃어버리면 안 된다.

- 석경각본과 다송자본에는 '多寡宜酌(다과의작)'으로 나와 있다. 다예관본, 경암 등초본, 한국불교전서본에는 '多寡宜的(다과의적)'으로 나온다. 《다록》과 《만보전서》에 의거 '多寡宜酌(다과의작)'으로 본다.

茶重則味苦香沈 水勝則味寡色淸
차 중 칙 미 고 향 침 수 승 칙 미 과 색 청

차가 양이 많으면 맛이 쓰고 향기가 가라앉으며, 물이 많으면 색이 맑으나 차의 맛은 적어진다.

兩壺後 又冷水 蕩滌 使壺凉潔 否則減茶香
양 호 후 우 냉 수 탕 척 사 호 량 결 부 칙 감 차 향

다관을 두어 차례 쓴 후에는 또 찬물로 씻어 청결하게 해야 한다. 그렇지 않으면 차의 향기가 줄어든다.

- 사호량결(使壺凉潔) : 다송자본에 '변호양결(便壺凉潔)'로 나와 있으나 다른 필 사본과 《증만보전서》에는 '사호량결(使壺凉潔)'로 되어 있다. 다송자본의 오기 (誤記)로 본다.

盖罐熱則 茶神不健 壺淸則水性當靈
개 관 열 칙 차 신 불 건 호 청 칙 수 성 당 령

탕관의 물이 너무 뜨거우면 차신(맛)이 건전하지 못하고 다관의 물이 맑으면 물의 성품은 항상 신령스럽다.

김홍도의 〈취후간화(醉後看花)〉

稍候茶水沖和然后 令布釃飲
초 후 다 수 충 화 연 후 령 포 시 음

잠깐 차와 물이 알맞은 조화를 이루길 기다린 후 나누어 마신다.

- 분포시음(分布釃飲) : 다송자본과 《다신전》에는 '냉포시음(冷布釃飲)'으로 되어 있다. 석경각본, 다예관본, 경암등초본, 한국불교전서본에는 '령포시음(令布釃飲)'으로 되어 있다. 《만보전서》와 《다록》에는 '냉시포음(冷釃布飲)'으로 나온다. 그런데 대부분의 해석자들은 '冷(냉)'이나 '令(령)'을 '나눌 분(分)'으로 보고 이 구절을 '나누어 따르고 마신다.'는 의미로 풀이하고 있다. '냉(冷)'을 '령(令)'의 오자로 보고 '령포시음(令布釃飲)'을 채택하는 것이 가장 합리적이라고 여겨진다.

釃不宜早 早則茶神不發
시 불 의 조 조 칙 다 신 불 발

따르는 것이 너무 빠르면 안 된다. 따르는 것이 빠르면 차의 신(맛)이 못 나오게 된다.

飲不宜遲 遲則妙馥先消
음 불 의 지 지 즉 묘 복 선 소

너무 천천히 마셔도 안 된다. 너무 천천히 마시면 묘한 향기가 먼저 사라져 버린다."고 하였다.

- 《증만보전서》〈다경채요〉의 '泡法. 探湯純熟 便取起 先注少許壺中, 小許盪去冷氣. 祛湯冷氣傾出, 然後投茶 葉多寡宜酌 不可過中失正, 茶重則味苦香沈 水勝則氣寡色淸, 兩壺後 又冷水盪滌 使壺凉潔 不則減茶香矣. 礶熱則茶神不健 壺淸則水性當靈. 稍候茶水沖和然後 冷釃布飲. 釃不宜早 早則茶神不發. 飲不宜遲 遲則妙馥先消.'를 약간 정리하여 인용하였다.(정민·유동훈, 《한국의 다서》, 346쪽 참조.)

評曰 采盡其妙 造盡其精 水得其眞 泡得其中
평왈 채 진 기 묘 조 진 기 정 수 득 기 진 포 득 기 중

평하여 말한다. "찻잎을 따는 데 그 묘함을 다하고 만드는 일에 정밀함을 다
하여야 한다. 또 물의 참됨을 얻고 물을 끓이는 데는 중정을 얻어야 한다.

體与神相和 健与靈相幷 至此而 茶道盡矣
체 여 신 상 화 건 여 영 상 병 지 차 이 다 도 진 의

체와 신이 서로 조화롭고 건과 영이 서로 나란하게 되나니 이것이 바로 다도
의 다함이다."

- 초의스님은 경험을 바탕으로 신·체·건·영(神·體·健·靈)을 얻어 현묘한 경지에
  도달하는 것을 '다도(茶道)'라고 하셨다.

[61] 一傾玉花風生腋
일 경 옥 화 풍 생 액
옥화 한 잔 기울이니 겨드랑이 바람 일고

- 玉花(옥화) : 일명 옥화(玉華). 송(宋)선화(宣和) 3년 건구의 북원공다원(北苑貢
  茶園)에서 만든 은모(銀模), 은권(銀圈) 표면에 용문(龍紋)이 있었다.(류건집,《동
  다송 주해》, 333쪽 참조.) 이하의 내용은 떡차에 관한 것이다.

[62] 身輕已涉上清境
신 경 이 섭 상 청 경

몸 가벼워져 신선 세계 노닌다네.

[原註]

陳簡齋茶詩 嘗此玉花句
진 간 재 다 시 상 차 옥 화 내

진간재(陳簡齋)의 다시(茶詩)에서 말하기를, "이 옥화차를 골고루 맛봤네."라 하였다.

- 陳簡齋(진간재) : 송나라 시인. 이름은 진여의(陳與義, 1090〜1138), 호는 간재(簡齋), 자는 거비(去非). 하남성 낙양 사람이다. 시풍은 두보를 따르고 소동파, 황정견, 진사도와 함께 강서시파에 속한다. 《간재집(簡齋集)》과 《무주사(無住詞)》가 전해진다.(류건집, 《동다송 주해》, 335쪽 참조.)

○ 시의 원본에는 '맛볼 상(嘗)'이 아니라 '감상할 상(賞)'으로 나온다. 그러나 차 맛을 감상하는 것과 차를 맛보는 것의 의미 차이가 크지 않아 초의스님께서 임의 해석하신 것으로 본다.

* 석경각본, 다송자본은 '옥화균(玉花勻)' 또는 '향기 내(匂)'를 써서 '옥화내(玉花匂)'로 나온다. 경암등초본, 한국불교전서본에는 '옥화구(玉花句)'로 되어 있다. 앞뒤 문맥상 '옥화내(玉花匂)'로 봄이 타당하다.

盧玉川茶歌 唯覺兩腋習習生淸風
노 옥 천 다 가 유 각 양 액 습 습 생 청 풍

노옥천(盧玉川)의 다가(茶歌)에서 말하기를, "두 겨드랑이 살랑살랑 맑은 바람 일어남 느낀다네."라 하였다.

- 盧玉川(노옥천) : 당나라 시인. 이름은 동(仝, 795〜835), 호는 옥천(玉川). 〈칠완다가(七椀茶歌)〉 등 많은 다시(茶詩)를 지어 유명하다.

[63] 明月爲燭兼爲友
명월위촉겸위우
밝은 달을 촛불 삼고 또한 벗을 삼아

[64] 白雲鋪席因作屛
백운포석인작병
흰 구름이 자리 되고 또한 병풍 되네.

[65] 竹籟松濤俱蕭凉
죽뢰송도구소량
댓바람 솔바람이 서늘함 갖춰주고

[66] 清寒瑩骨心肝惺

청 한 영 골 심 간 성

맑고 찬 기운 뼈에 스며 영혼을 일깨우네.

- 심간(心肝) : 심장과 간장. 양심, 정의감, 기백, 패기.

[67] 惟許白雲明月爲二客

유 허 백 운 명 월 위 이 객

흰 구름과 밝은 달 오직 두 벗 삼으니

[68] 道人座上此爲勝

도 인 좌 상 차 위 승

도인의 찻자리가 이보다 나을손가.

- 승(勝) : 손님이 둘인 찻자리.

《향기로운 동다여, 깨달음의 환희라네》(김영사)를 쓰신
원학스님의 그림으로 만든 다포이다.

[原註]

飲茶之法 客衆則喧 喧則雅趣索然
음 다 지 법 객 중 즉 훤 훤 즉 아 취 색 연

차를 마시는 법에, "손님이 많으면 떠들썩하고 그러면 아취(雅趣)가 없다.

- 석경각본, 다예관본, 다송자본, 경암등초본, 한국불교전서본 모두 '색연(索然)' 즉 '무미건조하다. 의미가 없다'로 나와 있다. 그러나 인용 원전인 《증만보전서》〈다경채요〉 '음다론'에는 '핍의(乏矣)' 즉 '고달프다. 힘들다'의 의미로 되어 있다. 초의스님께서 '색연(索然)'이 더 적합하다고 생각하신 것 같다.

獨啜曰神 二客曰勝 三四曰趣 五六曰泛 七八曰施也.
독 철 왈 신 이 객 왈 승 삼 사 왈 취 오 육 왈 범 칠 팔 왈 시 야

홀로 마시면 그 분위기가 그윽하여 신(神)이라 하고, 손님이 둘이면 빼어나 승(勝)이라 한다. 서너 명은 멋있어 취(趣)라 하고, 대여섯 명은 덤덤하다 하여 범(泛)이라 하고, 칠팔 명은 그저 나누어 마시는 것이라 하여 시(施)라고 한다."고 하였다.

- 승(勝) : 손님이 둘인 찻자리를 '승(勝)'이라 하는데, 이때 '승'의 의미는 '이기다'가 아니라 '뛰어나다, 빼어나다, 예쁘다'의 의미다. '이길 승(勝)'을 이런 의미로 쓴 차인에 이규보가 있다. 고려 최고의 문장으로 꼽히는 그의 시 중에 새신랑과 각시의 사랑싸움을 그린 시가 있는데, 각시가 신랑에게 '모란이 더 예쁜지 자기가 더 예쁜지' 묻는 내용으로 시작한다. 이에 장난끼 발동한 신랑이 '모란이 더 예쁘다'고 대답하자. 각시가 하는 대답이 이렇다. "花若勝於妾(화약승어첩) 今宵花同宿(금소화동숙)." "꽃이 첩보다 '에쁘거든, 오늘 밤은 꽃이랑 주무세요!"라는 말이다. 여기 나오는 승(勝)이 '빼어나다, 예쁘다, 더 낫다'의 의미로 쓰인 것이다.
- 《증만보전서》〈다경채요〉의 '飲茶. 飲茶以客少爲貴, 客衆則喧, 喧則雅趣乏矣. 獨：曰神, 二客曰勝, 三四曰趣 五六曰泛, 七八曰施.'를 인용한 부분.

草衣新試綠香烟

초 의 신 시 록 향 연

초의스님 새 차 달이니 녹색 연기 피어오르고

禽舌初纖穀雨前

금 설 초 섬 곡 우 전

새 혀처럼 가는 곡우 전 첫물 차

莫數丹山雲澗月

막 수 단 산 운 간 월

단산의 '운감, 월간' 말하지 마소.

- 丹山 雲澗月(단산 운간월) : 복건성(福建城) 건구현(建甌縣)에서 생산되는 품질
  이 좋은 차. 흔히 '월간운감(月澗雲龕)'이라 합하여 부르는 월간차(月澗茶)와 운
  감차(雲龕茶)를 말한다.

滿鍾雷笑可延年

만 종 뇌 소 가 연 년

잔 가득 '뇌소차' 장수를 누린다네.

申承旨白坡居士題

신 승 지 백 파 거 사 제

승지 벼슬을 지낸 백파거사 신헌구가 쓰다.

- 신승지백파거사(申承旨白坡居士) : 신헌구(申獻求, 1823~?). 자는 계문(季文), 호
  는 백파거사(白坡居士). 승지 벼슬을 지냈다.

제1부

《동다송》원문과 해설

제2장

한글 《동다송》

한글 《동다송》

해거도인의 명을 받들어 짓다.

해거도인께서 차 만드는 일을 물으셔서 마침내 삼가 동다송 한 편을 지어 대답한다.

초의 사문 의순

하늘이 좋은 나무를 귤나무의 덕과 짝 지우니
천명을 받아 옮겨가지 않고 남국에 산다네.
촘촘한 잎, 눈과 싸워 겨우내 푸르고
흰 꽃 서리에 씻겨 가을 꽃 피운다네.
고야산의 신인인가? 분 바른 듯 하얀 살결
염부의 단금인 양 황금 꽃술 맺혔구나.

차나무는 과로와 같고, 그 잎은 치자와 같으며, 꽃은 백장미와 같다. 꽃술은 황금 같고 가을이 되어 꽃이 피는데 맑은 향기가 은은하다.

밤이슬 벽옥 가지 해맑게 씻기고
아침 안개 물총새 혀 함초롬 적시누나.

이태백이 이르기를, "형주 옥천사가 있는 청계산 일대에는 좋은 차나무가 많이 자라는데 그 가지와 잎이 푸른 옥과 같다. 옥천사의 진공스님께서 늘 따서 마신다."고 했다.

하늘과 신선, 사람, 귀신 모두 깊이 사랑하니
네 타고남 기이하고 절묘함 알겠구나.
염제께서 진즉 맛봐 《식경》에 실려 있고

염제의 《식경》에 이르기를, "차를 오랫동안 복용하면 사람으로 하여금 힘이 나고 마음을 즐겁게 해준다."고 하였다.

제호, 감로, 그 이름 예부터 전해오네.

왕자상이 팔공산에 있는 담제도인을 찾아갔다. 도인이 차에 대해 설명하자 왕자상이 맛보고 이르기를 "이것은 감로입니다."라 하였다.

나대경의 〈약탕시〉 :

솔바람, 전나무 빗소리 들려오기 시작하면
구리 병 급히 끌어내려 죽로에 옮겨두고
물 끓는 소리 조용해진 후
마시는 한 잔의 춘설(차)은
제호보다 훨씬 맛이 있어라.

술 깨고, 잠 적게함 주공께서 증명했고

《이아(爾雅)》에서 말하기를, "가(檟)는 고차(苦茶)다."라 하였다. 《광아(廣雅)》에서 말하기를, "형주와 파주 사이에서 잎을 따는데 마시면 술이 깨고 잠을 적게 한다."고 하였다.

차나물 곁들인 거친 밥 이야기는 제나라 안영에게 듣고

《안자춘추(晏子春秋)》에 이르기를, "제(齊)나라 경공(景公)을 지낸 안영(安嬰)은 거친 밥과 구운 고기 세 꼬치, 알 다섯 개, 차나물만 먹었다."고 한다.

우홍은 재물 올려 단구에게 빌었고
털복숭이 신선은 진정에게 차 덤불 보여줬네.

《신이기》에 이르기를, "여요 사람 우홍이 차를 따러 산에 들어갔다가 한 도사를 만났는데 세 마리의 푸른 소를 끌고 있었다. 우홍을 데리고 폭포산에 이르러 말하기를, '나는 단구요. 당신이 차를 잘 갖추어 마신다고 들어 선물을 주고 싶었소. 산중에는 그대에게 줄 만한 좋은 차가 있소. 바라건대 그대는 뒷날 남는 제물이 있거든 나에게도 주기 바라오.' 하였다. 이에 제사를 지낸 후 산에 들어가면 항상 좋은 차를 얻었다."고 한다. 또 《다경》에 "안휘성 사람 진정이 차를 따려고 무창산에 들어갔다가 털이 많이 난 사람을 만났는데 키가 일장이 넘었다. 진정을 데리고 산 아래로 가서 무더기로 난 차나무를 보여주고 갔다. 그리고 조금 후 다시 돌아와 곧 품속에서 귤을 꺼내 진정에게 주었다. 진정은 겁을 먹고 차를 지고 돌아왔다."고 하였다.

땅속 귀신 만전 돈 아낌없이 사례했고

《이원》에서 이르기를, "섬현(剡縣) 진무(陳務)의 아내가 젊어서 두 아들과 함께 과부로 살았는데 차 마시기를 좋아했다. 집에 오래된 무덤이 있어 차를 마실 때마다 먼저 그 무덤에 제를 올리곤 하였다. 이에 두 아들이 말하길 '옛무덤이 어찌 그것을 알겠습니까? 사람의 뜻만 힘들게 할뿐입니다.' 하며 파서 없애려고 하자 어머니가 그것을 말렸다. 그런데 그날 밤 꿈에 한 사람이 말했다. '내가 이곳에 머문 것이 300여 년이라오. 그대의 아들들이 없애려 했지만 늘 보호해 주셨습니다. 나아가 좋은 차까지 대접해주시니 비록 땅속 썩은 뼈라도 어찌 예상의 보답을 잊으리까?' 새벽이 되어 마당 가운데에서 십만 금을 얻었다."고 한다.

떡차를 만들기 위해서는 찻잎을 절구에 넣고 찧어야 한다.

일본 상요에서 만든 다완. 영화 〈리큐에게 물어라〉에 등장했던 사발이다.

정식에서 육청 중 으뜸이라 여겼네.

장맹양의 〈등루〉 시 :
솥에 음식을 차례로 내오니
온갖 맛 묘하고 뛰어나구나.
향기로운 차 육청 중 으뜸이어서
넘치는 맛 온 세상에 퍼져 가는구나.

수 문제 두통 나은 기이한 일 전해져

수 문제가 아직 등극하기 전 꿈을 꾸었는데 꿈속에 귀신이 나타나 그의 뇌와 골을 바꿔 버렸다. 그 후 두통을 앓게 되었다. 어느 날 우연히 스님을 만나니 이렇게 말하였다. "산중의 차가 낫게 할 수 있습니다." 황제가 그것을 마시자 효과가 있었다. 이에 천하 사람들이 차 마시는 것을 알게 되었다.

이때부터 경뇌소와 자용향이 차례로 나왔다네.

당나라 시기 각림사의 승려 지숭이 세 가지 차를 만들었다. 경뇌소는 자신이 마시고, 훤초대는 부처님께 공양 올리는 데 사용하고, 자용향은 손님 접대에 썼다.

당나라 시절 상식에는 수많은 진미 있었지만
심원에 사는 공주는 자영만 마셨다고 씌어 있네.
두강 법제 만드는 차 이때부터 성행하니
맑고 어진 명사들 준영 같다 자랑했네.

《다경》에서는 차 맛을 준영이라 칭했다.

용봉단 비단 장식 너무 화려해서
백 덩어리 만드는 데 만금을 허비했네.

크고 작은 용봉단은 정위가 만들기 시작하여 채군모에 이르러 완성되었다. 향과 약을 섞어 떡 모양으로 만들고 그 위에 용과 봉황의 문양을 장식했다. 소동파는 시에서 "자금 떡차 100개 만드는 데 일만 금이 드네."라고 읊었다.

누가 알리요? 스스로 갖춘 색과 향
조금만 오염되어도 본디 맛 잃는다네.

《만보전서》에 이르기를, "차는 절로 참된 향, 참된 맛, 참된 색이 있어 조금이라도 다른 것에 오염되면 그 본래 맛을 잃고 만다."고 하였다.

도인이 그 뛰어남 온전히 보전하려
몽산의 꼭대기에 손수 차 심었다네.
차나무 길러 다섯 근을 얻어 임금께 바쳤으니
길상예와 성양화가 바로 그것이네.

부 대사 스스로 몽정 살며, 암자 짓고 차를 심어 무릇 삼년 만에 뛰어난 차를 얻어 성양화와 길상예라 이름 짓고 모두 다섯 근을 가지고 돌아와 헌공했다.

설화차와 운유차는 짙은 향기 앞다투고
쌍정차와 일주차는 강절 땅에 떠들썩하네.

소동파는 시에서 "설화차와 양각차를 어떻다 말할 수 있으리오?"라고 하였고, 황산 곡도 시에서 "내가 사는 강남에서는 운유차를 채취하네."라고 읊었다. 소동파가 승원에 갔는데 그 승원 스님의 법명은 '범영'이었다. 법당은 지붕을 수리하여 아주 깨끗하였고 차를 마셨는데 향기가 진했다. 소동파가 묻기를 "이 차가 새 차입니까?" 하니, 범영이 대답하길 "차의 성질은 새 차와 묵은 차를 섞으면 향과 맛이 살아난답니다." 하였다. 초차는 절강성(절동과 절서)에서 생산되고, 양절에서 생산되는 차 중 일주차가 가장 좋다. 경우 연간 이래로 홍주의 쌍정차와 백아차가 점차 성해지고 근세에는 차 만드는 법이 더욱 정교해져 그 품질이 일주차보다 훨씬 나으니 초차 중 으뜸이 되었다.

문경 관음요 作 진사 찻사발

건양은 산이 붉고 물이 푸른 고장인데
제품으로는 특별히 운간월을 말한다네.

《둔재한람》에 이르기를 건안의 차가 천하제일이라 하였다. 손초가 초형부로 차를
보내며 이르기를, "만감후(차의 별칭) 15개를 조상을 모시는 제각으로 보냅니다. 이
것들은 우뢰가 치는 시기 잎을 채취하여 정성껏 물을 길어 만든 것 입니다. 무릇 건
양은 산이 붉고 물이 푸른 지방으로 거기에서 생산되는 월간차나 운감차는 천하게
사용할 것이 아니고 신중하게 대해야 합니다."라 하였다.
만감후는 차를 말하는 것이다. 다산 선생은 〈차를 구하는 글〉에서 "아침 햇살 떠오
르면 맑은 하늘 흰 구름 둥실 떠가고 낮잠에서 막 깨어나니 밝은 달빛 맑은 시내에
흩뿌려지누나."라고 읊으셨다.

우리나라 나는 차도 원래는 서로 같아
빛깔과 향, 기운과 맛, 효능은 한가지네.
육안차 맛에 몽산차 약효 지녀
옛사람은 둘 겸함 높이 평가했네.

《동다기》에 이르기를, "어떤 이는 우리나라에서 나는 차가 월나라 지방의 차에 미
치지 못한다 의심을 한다. 이에 내가 살펴보니 빛깔과 향, 기운과 맛이 조금도 차
이가 없다. 다서에 이르기를 육안차는 맛이 뛰어나고 몽산차는 그 약성이 뛰어난데
우리나라의 차는 그 두 가지를 겸하고 있다. 만약 이찬황과 육자우 두 사람이 있었
다면 그들은 반드시 내 말이 옳다고 할 것이다."라 하였다.

늙음 떨쳐 젊어지는 신통한 효험 빨라
여든 살 노인 얼굴 복사꽃처럼 붉네.

이백이 이르기를, "옥천사의 진공은 나이가 팔십인데 얼굴빛이 복사꽃, 오얏꽃 같이 붉다네. 이 차는 향이 맑기가 다른 곳과 달라 능히 아이로 돌아가게 하고 시들어 마른 것을 떨쳐 사람으로 하여금 오래 살게 한다."고 하였다.

나에게 유천이 있어 수벽백수탕 만들어
어떻게 가져가 목멱산 해옹께 드릴까.

당나라의 소이가 《십육탕품》을 지었는데 제3품을 백수탕이라고 한다. 백수탕은 사람이 백 살이 넘거나 물이 열 번 끓어 넘치는 경우를 말하는데 혹 대화를 하거나 다른 일로 그냥 두어 그러한 일이 발생한다. 그 물을 사용하려 하면 물은 이미 본성을 잃고 난 후다. 감히 묻노니, 머리 하얗고 얼굴 창백한 노인이 다시 젊어져 활을 들고 시위를 당겨 과녁을 맞힐 수 있고, 다시 힘차게 길을 오르고 먼 길을 활보해 갈 수 있다는 말인가? 제8품은 수벽탕이다. 돌은 하늘과 땅의 기운이 뭉쳐 형상을 갖춘 것이다. 이 돌을 쪼아 그릇을 만들면 그 빼어남이 남아 그 탕이 좋지 않을 수 없다.
근자에 유당 김노경 어르신이 남쪽 두륜산에 들르시어 자우산방에서 하루 묵고 가셨다. 샘물을 맛보시고 "맛이 소락보다 좋다."고 하셨다.

아홉 가지 어려움과 네 가지 향을 다루는
현묘함을 터득하여

《다경》에 이르기를, "차에는 아홉 가지 어려운 부분이 있다. 첫째는 만들기이고, 둘째는 감별하기, 셋째는 그릇이요, 넷째는 불이며, 다섯째는 물이다. 여섯째는 불에 굽는 것이요, 일곱째는 가루 내는 것이며, 여덟째는 끓이는 것이요, 아홉 번째는 마시는 것이다. 흐린 날 따서 밤중에 말리는 것은 잘못된 제조법이다. 씹어서 맛을 보고 향기를 맡는 것은 올바른 감별법이 아니다. 누린내 나는 솥이나 비린내 나는 그릇은 적당한 그릇이 아니다. 또한 송진이 든 나무나 부엌에서 쓰는 숯은 적당한 땔감이 아니다. 날리는 여울물이나 웅덩이에 고인 물은 알맞은 물이 아니다. 그리고 차가 겉은 익고 속은 날것이면 잘 구운 차가 아니다. 푸른 가루가 먼지처럼 날리는 것은 제대로 된 말차가 아니고 서툰 솜씨로 끓이거나 휘저으면 제대로 차를 달이는 것이 아니다. 여름에 열심히 마시다가 겨울에 전혀 안 마시는 것도 바르게 차를 마시는 것이 아니다."라 하였다. 《만보전서》에 이르기를, "차에는 진향, 난향, 청향, 순향 있다. 겉과 속의 향기가 같은 것을 순향이라 하고, 날것도 아니고 너무 익지도 않은 향기를 청향이라고 한다. 불기운이 고루 스민 것을 난향이라 하고, 곡우 전에 채취하여 찻잎의 상태가 잘 갖추어진 것을 진향이라고 한다. 이들를 일컬어 네 가지 향이라고 한다." 하였다.

어찌하여 옥부대 참선하시는
스님들께 알려줄까.

지리산 화개동에는 차나무가 4~5십 리에 걸쳐 자란다. 우리나라 차밭으로는 이보다 넓은 곳은 없는 것으로 여겨진다. 화개동에는 옥부대(玉浮臺)가 있는데 그 대 아래 칠불선원이 있다.
좌선하는 스님들이 항상 늦게 찻잎을 채취하여 말린다. 그리고 땔나무로 솥에 끓여 국 끓이듯 하여 진하고 탁하며 그 색이 붉다. 맛은 매우 쓰고 떫다. 참으로 천하의 좋은 차가 속된 솜씨로 대부분을 버려놓은 것이 된 것이다.

구난을 범치 않고 사향도 보전하니
지극한 맛 가히 임금께 바칠 만해.
푸른 물결 초록 향기 이제 막 마셔보니

차 맛이 마음 깊이 스미는 것을 말한다. 다서에 이르기를, "찻잔에 푸른 거품 떠돌고 맷돌에는 녹색 가루 날리네."라 하였다.

또 이르기를 "차는 푸른 비췻빛이 가장 좋고 찻물의 거품은 쪽빛 백색이 좋다."고 하였다. 누런색, 검은색, 붉은색, 어두운 색은 좋은 제품에 들지 못한다.

차는 구름 같은 거품이 상품이요, 비췻빛 거품은 중품, 누런 거품은 하품이다.

진미공의 시 :

아름다운 그늘 가득 덮인 곳
영초 시험하려 싹을 땄다네.
죽로에 그윽이 끓여내니
솔불이 드세구나.
물과 어울려 담백하고
차 겨루기 즐거우니
길 가득 푸른 향기에
종일토록 돌아감도 잊었다네.

총명함이 사방으로 막힌 곳이 없어라.
신령스런 너의 뿌리 신산에 의탁하니

지리산을 세상에서는 방장산이라 일컫는다.

신선의 풍모 옥 같은 모습 절로 다르다네.
푸른 싹 붉은 순 바위 뚫고 올라
오랑캐 신발 물소 가슴처럼 주름진 무늬

《다경》에 이르기를, "돌이 풍화된 땅에서 자란 것이 으뜸이요, 자갈 섞인 흙에서 자란 것이 그다음이다."라 하였다. 또 이르기를 "골짜기에서 자란 것이 으뜸이다." 하였다. 화개동의 차밭은 모두 골짜기에 있고 겸하여 풍화된 땅이다.

다서에 또 이르기를, "찻잎은 자줏빛 나는 것이 으뜸이요, 주름진 것이 그다음이며, 초록빛 나는 것은 그다음이다. 죽순처럼 생긴 것이 으뜸이요, 싹처럼 생긴 것이 그다음이다. 그 모양이 오랑캐의 가죽신 같다는 것은 주름이 졌다는 의미이고 물소의 앞가슴처럼 축 늘어지며 가벼운 회오리바람이 물결 위를 살짝 스치는 것 같다. 이것은 모두 차의 정수를 말하는 것이다."라 하였다.

간밤 내린 맑은 이슬 흠뻑 머금어
삼매경에 든 손끝 거치니 향 솔솔 올라오네.

다서에 이르기를, "차를 따는 것은 그 때를 맞추는 것이 중요하다. 너무 이르면 향이 온전하지 않고 늦으면 신기가 흩어진다. 곡우 전 5일이 가장 좋고 곡우 후 5일이 그다음이며 그 후 5일이 또 그다음이다."라 하였다. 그러나 우리나라의 차를 경험해보니 곡우 전후는 너무 빠르고 입하 전후가 알맞은 때이다.

찻잎을 따는 방법은 밤새 구름이 없는 날 이슬 젖은 잎을 따는 것이 가장 좋고, 한낮에 따는 것이 그다음이며, 음산하게 비가 내릴 때 따는 것은 마땅치 않다.

소동파는 〈겸스님을 송별하는 시〉에서 이렇게 읊었다.

"도인께서 남병산을 나오셔서
점다삼매의 솜씨 보여주시네."

그 속 깃든 현미함 표현하기 어려우니
참된 정기는 체와 신을 나누지 못하리라.

〈조다〉편에 이르기를, "새로 따온 찻잎은 쇤 잎을 골라내고 뜨거운 노구솥에 덖는
다. 솥이 몹시 뜨거워지기를 기다려 찻잎을 넣고 빠르게 덖는다. 이 때 불을 약하게
해서는 안 된다. 익기를 기다려 바로 체 안에 거두어 넣는다. 가벼운 덩어리를 가볍
게 비빈 뒤 솥에 다시 넣고 점점 불을 줄여가며 말리는 것을 법도로 한다. 이 가운
데 현묘하고 미미한 것이 있으나 말로 표현하기는 힘들다."고 하였다.

〈품천〉편에서 이르기를, "차는 물의 정신이고 물은 차의 육체이다. 진짜 물이 아니면
그 정신을 드러내지 못하고 진짜 차가 아니면 그 육체를 드러내지 못한다."고 하였다.

체와 신이 온전해도(물과 차가 잘 어우러진다 하여도)
중정을 잃을까 두려우니
중정이란 건과 영의 나란함에 불과하네.

〈포법〉에 이르기를, "탕이 잘 익은 상태인지 깊이 살펴 바로 가져다 먼저 찻주전자에
조금 부어 조금 따라 냉기를 가셔내고 그것을 부어버린 후 찻잎을 넣는다. 차의 분량
이 많고 적음을 잘 헤아려 중정을 지나쳐 정중을 잃어버리면 안 된다. 차가 양이 많으
면 맛이 쓰고 향기가 가라앉으며, 물이 많으면 색이 맑으나 차의 기는 적어진다.
다관을 두어 차례 쓴 후에는 또 찬물로 씻어 청결하게 해야 한다. 그렇지 않으면 차
의 향기가 줄어든다.
탕관의 물이 너무 뜨거우면 차신(맛)이 건전하지 못하고, 다관의 물이 맑으면 물의
성품은 항상 신령스럽다.
잠깐 차와 물이 알맞은 조화를 이루길 기다린 후 나누어 마신다. 따르는 것이 너무
빠르면 안 된다. 따르는 것이 빠르면 차의 신(맛)이 못 나오게 된다. 너무 천천히 마
셔도 안 된다. 너무 천천히 마시면 묘한 향기가 먼저 사라져 버리기 때문이다."라

하였다.

평하여 말한다. 찻잎을 따는 데 그 묘함을 다하고, 만드는 일에 정밀함을 다하여야 한다. 또 물의 참됨을 얻고 물을 끓이는 데는 중정을 얻어야 한다. 체와 신이 서로 조화롭고 건과 영이 서로 나란하게 되나니 이것이 바로 다도의 다함이다.

옥화 한 잔 기울이니 겨드랑이 바람 일고
몸 가벼워져 신선세계 노닌다네.
진간재의 차시 :
"이 옥화차를 골고루 맛봤네."
노옥천의 다가 :
"두 겨드랑이 살랑살랑 바람 일어남 느낀다네."

밝은 달을 촛불 삼고 또한 벗을 삼아
흰 구름이 자리 되고 어느새 병풍 되네.
댓바람 솔바람이 서늘함 갖춰주고
맑고 찬 기운 뼈에 스며들어 영혼을 일깨우네.
흰 구름과 밝은 달 오직 두 벗 삼으니
도인의 찻자리가 이보다 나을소냐.

차를 마시는 법에 "손님이 많으면 떠들썩하고 그러면 아취가 없다. 홀로 마시면 그 분위기가 그윽하여 신(神)이라 하고, 손님이 둘이면 빼어나 승(勝)이라 한다. 서너 명은 멋있어 취(趣)라 하고, 대여섯 명은 덤덤하여 범(泛)이라 하며, 칠팔 명은 그저 나누어 마시는 것이라 시(施)라고 한다." 하였다.

초의스님 새 차 달이니
녹색 연기 피어오르고
새 혀처럼 가는
곡우 전 첫물차
단산의 운감, 월간
말하지 마소.
잔 가득 뇌소차
장수를 누린다네.

승지 벼슬을 지낸 백파거사 신헌구가 쓰다.

관음요 作 인화문 분청 찻사발

제2부

초의스님과 《동다송》

제1장

초의스님 행장

초의스님 행장

1. 탄생 및 유년시절

초의스님은 1786년 지금의 무안군 삼향면에서 태어나셨다. 본관은 흥성
장씨(興城張氏)이고 이름은 의순(意恂)이다.

스님의 어머님께서 여섯 개의 별이 가슴속으로 들어오는 상서로운 꿈을
꾸신 후 임신하셨다고 한다. 그러나 다섯 살 때 급류에 빠져 위급한 순간을
만났고, 다행히 지나가던 스님에 의해 구조되기도 하였다.

2. 출가(出家) 및 득도(得道)

그 후 출가하는 것이 좋겠다는 무당의 그릇된 권유로 1800년(15세)에 나주
다도면 운흥사(雲興寺) 벽봉민성(碧峰敏性) 스님께 출가하였다. 운흥사에 계시
던 중 완호윤우(玩虎倫佑) 스님을 만나 함께 공부하게 되는 인연을 얻는다. 이
완호스님은 조선 후기 유명한 선지식인 연담유일(蓮潭 有一) 스님의 제자로, 완
호스님께 많은 가르침을 받고 초의(草衣)라는 법호(法號)도 받게 되었다.

그 후 도갑사에서도 공부하셨다는 기록이 있다. 스무 살 때쯤(혹은 19세 때)

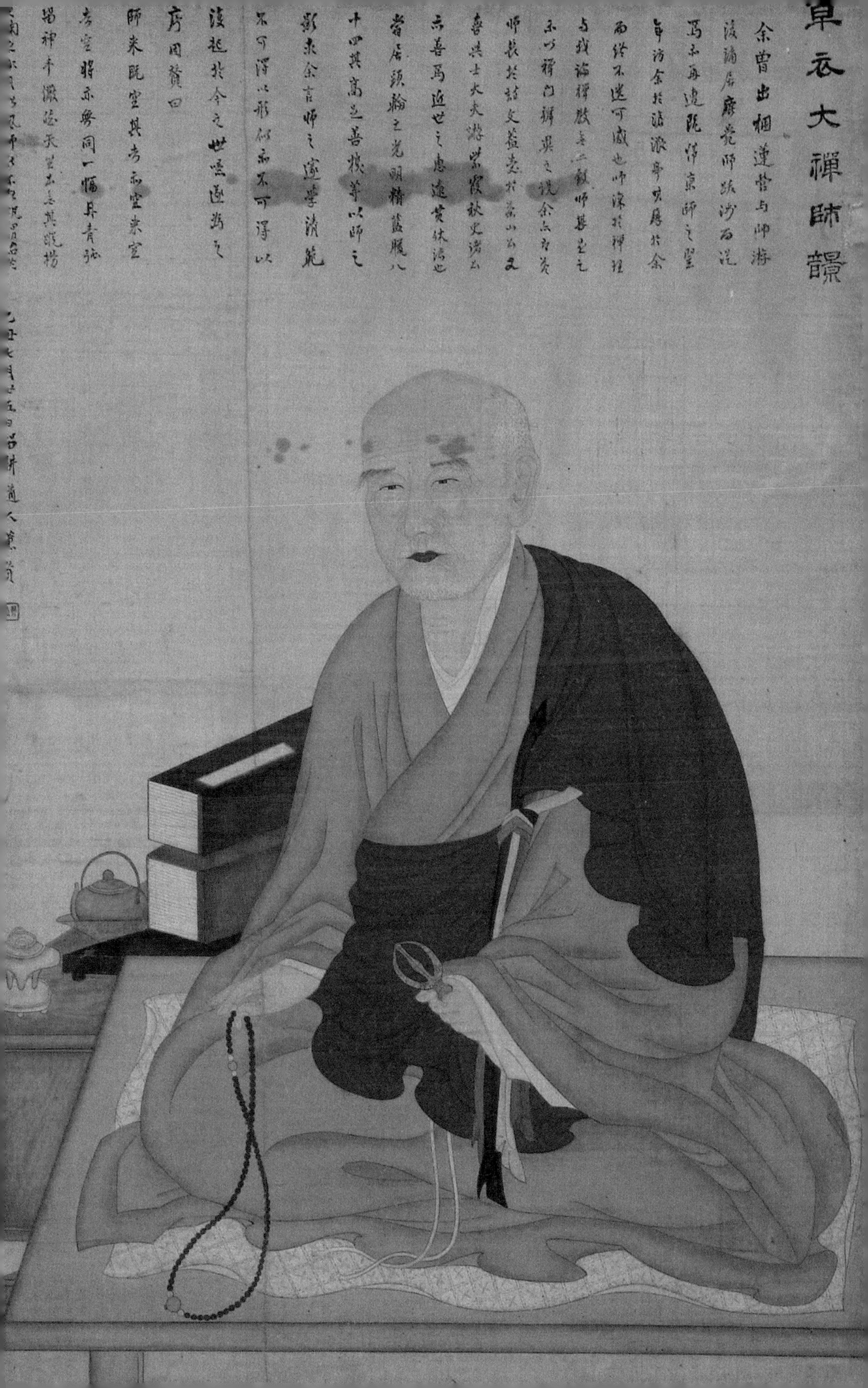
皁衣大禪師讚

월출산을 지나다 자신도 모르게 산정까지 홀로 올라 멀리 만월(滿月)이 뜨는 것을 보고 '마치 종고(宗杲)의 훈풍을 만나 마음에 막힘이 없어진 것 같았다. 이후 대하는 것마다 거슬림이 없었으니 아마도 그것은 전생의 인연이 있어서 그런 것이리라.'라고 술회했다. 큰 깨달음을 얻으신 것이다.

이러한 큰 인연 후 스님은 화순 쌍봉사에서 참선 수행에 정진하시게 된다. 이때(1807, 22세) 쌍봉사에서 스님 시집의 맨 처음에 나오는 〈한가위에 가을날의 회포를 적다[秋日書懷]〉를 지었다.

1809년(24세)에 스승인 완호스님이 계신 대둔사(大芚寺, 지금의 대흥사)로 옮겨 수행하시면서 지금의 다산초당에 계시던 다산(茶山) 정약용(丁若鏞) 선생을 만나 다산 선생께 〈봉정탁옹선생(奉呈籜翁先生)〉이라는 글을 드린다. 일부 책들에 전국 유명 산과 사찰을 다니면서 수행하셨다고 하는데, 구체적인 관련 기록을 찾아보기는 어렵다.

3. 다산과의 만남

다산 정약용 선생이 1801년 초의 스님 출가 1년 후 강진으로 유배를 왔다. 처음에는 강진읍 동촌주가(東村酒家)의 사의재(四宜齋)에 머물렀다. 이 시기에는 다산 선생과 형님인 정약전을 폄훼하는 세력이 다산의 죄를 다시 엄히 다스려야 한다고 상소를 거듭하던 시기로, 선생도 정신적으로 아주 힘든 시기를 보내는 중이었다.

이 무렵인 1804년, 초의스님은 운흥사에서 완호스님을 만나 많은 가르침을 받고 초의(草衣)라는 법호를 얻었으며, 나아가 월출산에서 크게 깨우치기도 했다.

丁若鏞先生肖像

資事永是創姪
牧民塔老大聖

다산 정약용 초상

이듬해인 1805년에 다산은 아암혜장(兒菴惠藏) 스님을 백련사(白蓮寺)에서 만나는데, 두 사람은 연담유일 스님과의 인연으로 무척 가까워졌다. 다산의 주막에서의 삶이 힘들어 보이자 혜장스님이 다산을 강진 근처 고성사(高聲寺)로 거처를 옮겨주기도 했다. 이때 아암혜장 스님께 차를 보내 달라고 부탁하는 다산 선생의 저 유명한 〈걸명소(乞茗疏)〉가 탄생했다. 아마 다산 선생께서 강진에 유배 와서 차분히 차를 마시기 시작한 것은 이 고성사 시절부터가 아닌가 생각된다.

  다음 해인 1806년 7월, 다산은 고성사에서 강진읍에 있는 제자 이청(李晴)의 집으로 거처를 옮겼다. 다산을 폄해(貶害)하는 무리들에서 선생의 탄핵에 대한 언급이 많이 사그라졌기에 가능한 일이었다.

  그 후인 1808년, 지금 다산초당(茶山草堂, 강진군 도암면 귤동)으로 불리는 윤단(尹慱)의 서고(書庫)로 다시 거처를 옮기게 되었다. 이제 백련사 혜장스님 이웃에 살게 된 것이다. 이 시기부터 다산은 다산초당에서 백련사와 대둔사를 오가게 되었다.

  그러던 1809년 초의스님은 다산과 만나게 되고 서로 왕래하면서 다산에게 경학(經學)과 시문(詩文) 등을 배우게 되었다. 이때 초의스님께서 다산 선생께 지어 올린 글이 〈봉정탁옹선생(奉呈籜翁先生)〉이다. 이 시기 초의스님은 대둔사에 머물면서 아암혜장 스님과 다산 선생, 완호스님께 많은 공부를 하게 되고 〈승검초를 캐며[采山薪行]〉, 〈시냇가에서[溪行]〉 등 시도 여러 편 썼다.

  혜장스님은 〈장춘동 잡시 20편(長春洞雜詩二十篇)〉을 쓰고 1811년 입적하셨다.

  1812년에는 다산 선생과 초의스님, 그리고 윤동(尹峒)이 월출산 남쪽 백운동정원을 방문하여 함께 지내며 시와 그림을 남기게 되었다. 이날 초의스님은 〈백운동도(白雲洞圖)〉를 그렸는데, 여기에 다산이 〈백운동 이씨의 유거에

〈백운동도(白雲洞圖)〉

부쳐 제하다[寄題白雲洞李氏幽居]〉 등 13편의 시를 짓고 발문을 붙여 그 작품집
이 지금까지 전해지고 있다.

이처럼 스님이 다산과 교류하는 동안, 다산은 초의에게 〈시(詩)와 경학(經
學)에 대하여〉라는 글을 써서 주기도 하고, 초의는 약속한 날 다산초당에 가
지 못하는 안타까움을 노래한 〈비에 갇혀 다산초당에 가지 못하고[阻雨未往茶
山草堂]〉와 〈연못 속의 어린 고기를 노래하다[賦得池中魚苗]〉 등의 시를 짓고 대
둔사 천불전 상량문을 쓰며 지낸다.

그 후 1815년 초의스님은 처음으로 한양에 올라간다. 이때 다산의 아들인
정학연을 만나고, 또한 동갑이며 평생의 지기가 된 추사 김정희, 그 동생인
김명희 등 한양의 많은 학자들과 교류를 시작하게 되었다.

4. 추사와의 만남

1815년, 처음 만난 추사와 초의스님은 서로가 아주 마음에 들었던 모양이다. 나이가 같은 동갑내기여서 더욱 그랬을까? 만난 지 얼마 되지도 않았을 시기에, 경주에서 길이 엇갈려 서로 못 만나는 상황을 몹시 안타까워하는 글들이 지금까지 전한다.

초의스님이 처음 서울에 가고 추사를 만난 다음 해인 1816년, 흑산도에 유배되어 《자산어보》를 저술한 다산의 형님 정약전 선생이 작고하였다. 그때 수고한 문득순에게 다산 선생이 떡차를 답례로 준 기록이 보인다. 아마도 다산초당에서 만든 것이었으리라 짐작된다.

1817년, 대둔사 천불전에 모실 천불상 조성을 위해 스승 완호스님의 명을 받고 초의스님은 경주 불국사와 기림사에 머물면서 천불 점안(點眼)을 한다. 이 시기 추사는 경주 무장사에서 비편(碑偏)이 발견되었다고 하여 경주에 온다. 이것을 알고 초의스님은 추사를 만나기 위해 노력하지만 서로 길이 엇갈렸다. 나아가 그 천불 중 300불이 큰바람을 만나 표류하여 일본 나카사키에 도착, 그것을 찾으러 길을 떠나게 된다.

다음 해인 1818년, 부처님을 일본에서 찾아와 새로 만든 천불전에 봉안하였다. 이 해에 다산 선생은 유배가 풀려 제자들과 다신계(茶信契)를 만들고 그 모임의 약속인 〈다신계절목(茶信契節目)〉을 짓고 고향으로 돌아간다.

5. 일지암 건립

한동안 대둔사에 머물며 수행(修行)과 시작(詩作)에 전념하던 스님은 1824년 세수 39세 되던 해 여생의 거처가 되는 일지암을 짓는다. 일부 설에 의하면

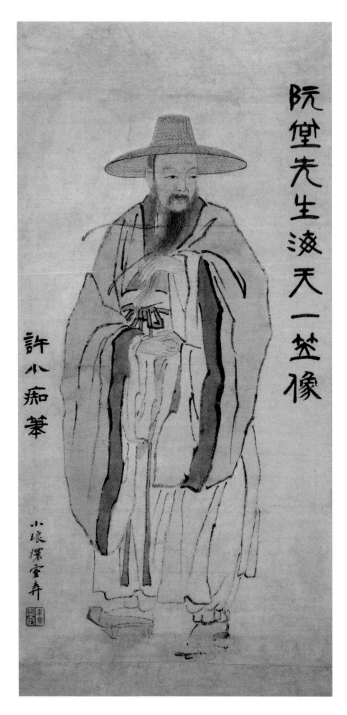

阮堂先生海天一笠像

許小痴筆

小琅㻶室弄

허련이 그린 것으로
전해지는 추사 초상

다음 해라고 나오기도 한다. 초의스님의 연대기에 1년의 오차가 계속 제기되는 것은 언젠가 바로잡아야 할 일이다.

2년 후 초의스님의 법 스승이신 완호스님께서 입적하시고 스님은 일지암에 머물며 수행과 저작 활동을 하며 지낸다.

6. 《다신전》과 《동다송》을 쓰다

1928년 초의 스님은 곡우절에 또 다른 스승, 즉 계학(戒學) 부분의 스승이신 도갑사 금담보명 스님(1765~1848)을 따라 칠불암을 방문하게 되었다.

이때 《만보전서》에 있는 장원의 《다록(茶錄)》을 등초(謄抄)했는데, 스님은 그 이유에 대해 '시자방의 수홍 사미가 다도(茶道)를 알고자 해서'라고 하고, 또 '총림에는 조주의 끽다거(喫茶去) 다풍(茶風)이 있지만 다도를 알지 못한 것'도 이 책을 쓰는 이유라고 하였다. 여기 나오는 수홍은 초의스님의 은상좌이고, 선기스님은 손상좌다. 도범과 그 외의 제자들도 있고, 범해각안은 법상좌라고 할 수 있다. 범해의 제자인 금명보정은 일명 다송자로, 다송자본 《동다송》을 남겼다. 범해각안은 《동사열전》을 지은 스님으로도 유명한데 여기에는 송광사 스님이 한 사람도 들어가 있지 않았다. 이를 안타깝게 생각한 제자 금명보정이 그래서 지은 책이 《송광열전》이다.

그러나 초의스님이 필사한 이 책은 여러 사정으로 즉시 발간되지 못하고 2년 후 《다신전(茶神傳)》이라는 제목으로 편찬되게 되었다. 한편으로는 은사스님이신 완호스님의 승탑을 세우고 일지암에서 《다신전(茶神傳)》을 정서하여 출판하게 된다.

1830년 《다신전》을 펴낸 45세의 초의스님은 그해 초겨울 두 번째로 한양

採茶論 抄出萬寶全書

恐非字之誤

採茶之候貴及其時太早則香不全遲則神散
以穀雨前五日爲上後五日次之再五日又次
之茶非紫者爲上而皺者次之團葉者次之
光而如篠葉者最下徹夜無雲浥露采者爲上
日中采者次之陰雨下不宜采產谷中者爲上
竹林下者次之爛中石者又次之黃砂中又之次

일지암

을 방문하였다. 정성껏 차를 만들어 지인들에게 선물하고 한양의 지식인들과 수많은 교류를 하며 시도 주고받았다. 초의스님의 차를 선물 받고 그것을 칭찬하는 박영보(朴永輔)의 〈남다병서(南茶幷序)〉도 이때 지어졌다. 한편으로는 절친인 추사의 아버지 김노경이 모함을 받아 완도 고금도로 유배를 당하였다.

해를 넘긴 1831년, 여전히 한양에 머물던 스님은 홍현주에게 스승 완호스님의 비문을 부탁하고, 여러 지식인들과 교류하며 수많은 시를 저술하게 된다. 여름을 넘기도록 한양에 머문 스님에게 홍석주와 신위가 스님 시집의 서문을 써주었다.

그 후 대둔사로 돌아와 생활하던 중 1833년 추사의 아버님 김노경이 유배에서 풀려 돌아가던 길에 일지암에 들러 하룻밤 자고 가게 된다. 이때 일지암의 물맛을 보았고, 이로써 《동다송》에 나오는 '유천(乳泉)' 이야기가 탄생하게 되었다.

한동안 대둔사에 머문 스님에게 진도의 소치(小癡) 허련(許鍊)이 서예와 그림, 시문(詩文)을 배우러 온다. 스님은 서예, 시문뿐만 아니라 그림에도 조예가 깊어 그림을 그리는 스님인 금어(金魚)로도 유명하셨기 때문이다. 지금도 대흥사에는 초의스님께서 직접 그리거나 지도하신 탱화가 여러 점 남아있다.

1836년 초의스님에게 경학과 시문을 지도해 주신 다산 선생이 별세하고, 1837년에는 한국 차문화를 두루 살필 수 있는 《동다송》이 마침내 탄생한다. 이 책이 발간된 경위는 해거도인이 '차를 만드는 법을 알고 싶다.'고 진도목사 변지화 편에 스님께 말한 것에서 시작되었다. 이에 초의스님은 그동안 정리한 자료들을 취합하여 1837년 여름 《동다행》이라 지어 변지화에게 보냈다. 그런데 변지화가 사람을 시켜 필사하는 중 많은 오자와 탈자, 문헌상 오류를 발견하여 초의스님께 정정해주실 것을 다시 부탁한다. 이에 스님은 다시 정리를 하고, 당시 명필인 석오 윤치영에게 정서하게 하여 홍현주에게 보낸다. 이렇게 우리의《동다송》이 탄생한 것이다.

1838년 스님은 금강산 유람을 떠나 많은 사찰과 명승을 보고 시를 남겼다. 돌아오는 길에는 한양에 들러 해거도인 홍현주의 시집 발문을 쓴다. 다음 해 초까지 한양에 머문 스님은 청량사에서 지내면서 다산의 고향집을 방문하기도 하고 소치의 그림을 추사에게 소개하기도 하였다. 그리고 다음 해인 1839년 대둔사로 돌아와 소치를 추사에게 보내 제자로 삼게 하였다. 이시기 초의스님은 많은 시와 글을 저술하며, 그해 진도 사람 속우당(俗愚堂)이 일지암을 방문하여 〈대둔사초암서(大芚寺草庵序)〉를 지어 초의스님께 드린다. 요즘 우리는 그 글로 당시의 일지암을 어림짐작하고 있다.

7. 추사의 제주 유배

1840년 초기에는 경사가 겹친다. 추사는 형조참판, 동지부사에 차례로 임명되고 초의스님은 헌종으로부터 '대각등계보제존자초의선사(大覺登階普濟尊者草衣禪師)'라는 사호(賜號)를 받았다. 이는 조선시대 스님으로는 서산대사 이후 처음으로 임금에게 호(號)를 받는 스님이 되신 것이다. 그러나 이 해 7월 추사는 김홍근에 의해 소(疏)를 당하고 9월에 제주로 유배를 가게 된다.

추사 유배 시기 초의스님은 주로 대둔사에 머물며 많은 글과 시를 쓰고 추사와는 글과 차를 주고받으며 우의를 돈독히 해나갔다. 또 소치는 제주에 자주 방문하여 스승을 돌본다.

1843년 봄 초의스님은 햇차를 만들어 직접 제주에 있는 추사를 찾아갔

일지암 옆 자우홍련사

다. 당시 제주는 무불(無佛)의 섬이었다. 1568년에 제주목사 곽흘이, 1702년에 목사 이형상이 제주 도 내의 모든 사찰과 신당을 불살라버렸기 때문이다. 그 후 제주에 다시 사찰이 들어선 것은 1909년 봉려관 스님이 관음사를 건립하면서부터다. 이런 상황인지라 헌종 임금으로부터 사호(賜號)를 받으신 초의 큰 스님도 제주에서의 생활이 그렇게 편하지는 않으셨다.

스님은 제주에서 말을 타다 볼깃살이 헤지는 상처를 입기도 했다. 뒤늦게 이것을 안 추사는 사슴 가죽을 얇게 떠서 상처에 붙이면 좋을 것이라는 처방을 하기도 한다. 이처럼 몸이 불편함에도 스님은 험한 곳에서 유배 생활을 하는 추사가 걱정되어 제주를 떠나지 못하고 있었다. 그러자 추사는 8월 30일에 쓴 편지에서 초의스님에게 자기 걱정은 말고 빨리 대둔사로 돌아가길 재촉하기도 하였다. 그리하여 다시 대둔사로 돌아온 스님은 고향에 다녀오기도 하고 일지암에 머물며 수행 생활을 해나가셨다.

1844년 추사는 제주도에서 제자이자 유배 중에도 자기를 돌봐준 이상적에게 〈세한도(歲寒圖)〉를 그려주었다. 이 글과 그림은 문인화의 대표적 작품으로 현재 국보로 지정되었으며 중국과 우리나라에서 유명한 그림이 되었다. 추사는 또 제주 생활에 필요한 차를 보내 달라고 초의스님께 '걸명(乞茗)' 편지를 보내기도 하였다.

1845년 스님은 일지암에 주로 머무시고 제주의 추사는 스님에게 '무량수각(無量壽閣)', '시경헌(詩境軒)' 등의 편액 글씨를 써서 보내기도 하였다.

그리고 3년 후인 1848년 추사는 유배가 풀려 서울로 올라갔다. 이 해에 소치는 무과에 급제하고 헌종을 알현하여 어전에서 그림을 그리기도 한다.

추사 적거지의 임옥상 화백이 제작한 추사선생 상

8. 생의 저녁 무렵

1851년 석오 윤치영과 위당 신관호가 《초의시집(草衣詩集)》에 발문을 써서 스님께 증정한다. 그런데 스님과 가까운 추사와 권돈인이 북청과 순흥으로 유배를 떠났다. 이 시기 추사는 서예와 사군자의 연관성을 보여준 〈불이선란(不二禪蘭)〉을 그린다. 다행히 지인들은 다음 해에 유배가 풀렸고, 이때부터 추사는 과천에 있는 아버님 묘소에서 약 5년간 머물게 된다.

이제 연로하신 초의스님은 일지암에 주석하면서 수행과 저술 활동을 하고, 벗 추사와는 서로 편지를 주고받으며 살아간다. 1856년은 스님과 추사의 나이가 71세 되던 해로. 이 해에 추사는 봉은사의 '판전(版殿) 글씨를 남기고 별세하였다. 절친한 벗을 잃은 스님은 1858년에는 〈완당김공제문(阮堂金公祭文)〉을 쓰며 추사의 가는 길을 애도하였다.

그 후 스님은 주로 일지암에 머물렀고, 1865년 7월 유경도인(留耕道人) 신헌(申櫶)이 〈초의대선사 찬문(贊文)〉을 지어 스님께 드렸다.

9. 입적(入寂)

일부 기록에 초의스님은 1865년 입적(入寂)하였다고 한다. 먼저 《동사열전(東師列傳)》의 〈초의선백전〉에서는 '동치(同治) 4년, 을축년(1865) 7월 2일 쾌년각에서 입적. 세수 80세, 법랍 65세'라고 하였다. 이희풍(李喜豊)의 〈초의대사탑명(草衣大師塔銘)〉에는 '을축년 스님 나이 80세에 대둔사에 계시다 질병을 얻었는데 어느 날 새벽 시자를 불러 일어나 가부좌를 틀고 서쪽을 향해 앉아 조용히 입적했다. 몸에서는 따뜻한 향기가 풍겨 오래도록 사라지지 않았으니 바로 8월 2일이었다.'라고 되어 있다.

그러나 81세 되던 1866년 입적하셨다는 다른 기록들도 보인다. 우선 신헌(申櫶)이 지은 〈초의대사탑비명(草衣大師塔碑銘)〉에 '병인년(1866) 8월 2일 입적하시니…'라며 '일지암에서 입적하시니 나이는 81세…'라고 하였다. 소치 허련이 쓴 《몽연록(夢緣錄)》에서는 '초의선사는 새로 불전(佛殿)을 완성하고 일로향실로 옮겨 계시다 입적하셨다. 그의 상족(上足)인 서암선기(恕庵善機)가 의발을 이어받아서 지금 진불암(眞佛庵)에 보관하고 있는데 작년 7월 나와 이송파(李松坡)가 함께 종상대(終祥齋)에 가서 곡(哭)을 했다.'라고 하였다.

기록들 사이에 서로 1년의 차이가 나는데, 일반적으로 1866년 입적설(入寂說)이 타당하다고 보고 있다.

10. 스님을 기리는 일들

스님께서 입적하신 5년 후 이희풍이 〈초의대사탑명(草衣大師塔銘)〉을 찬술(撰述)하였고, 스님의 승탑(僧塔)도 대둔사에 건립되었다. 1875년 10월에는 백파거사 신헌구가 월여선실에서 〈초의시집발문(草衣詩集跋文)〉을 지었고, 1876년에는 신헌이 〈초의대종사탑비명(草衣大宗師塔碑銘)〉을 찬술하였다.

스님을 기리는 일들은 중단없이 계속되어 1890년 5월 범인(梵寅)스님이 《일지암문집(一枝庵文集)》을 편집하고 원응계정(圓應戒定) 스님이 기록하였다. 또 같은 해 《초의시고(草衣詩稿)》 전2권을 상운(祥雲), 쌍수(雙修) 스님이 간행하였다.

1913년에는 스님이 선(禪)에 대한 의견을 말씀하신 《선문사변만어(禪門四辨漫語)》의 〈서문(序文)〉을 4월 17일에 원응계정(圓應戒定) 스님이 쓰고, 6월에 고벽담(高碧潭)에서 《선문사변만어(禪門四辨漫語)》로 간행하였다.

입적 후 75년이 되는 1941년 4월에 대둔사에 초의대종사탑비(草衣大宗師塔碑)를 건립하였는데, 그 음기(陰記)를 구산후학(龜山後學) 영호정호(映湖鼎鎬)가 썼다.

이렇듯 스님의 입적 후에도 스님을 기리는 다양한 사업들이 계속 이어지고 있다. 물론 필자도 이런 사업에 적극 힘을 보태왔다. 한국차인연합회 주도로 일지암이 복원된 것이 1979년이다. 용운스님이 10년, 필자가 18년을 여기서 살았다. 그 사이 해남의 차인들인 우록 김봉호, 행촌 김재현 선생 등과 초의스님을 기리기 위한 초의문화제 집행위원회를 조직하고, 초의상을 제정하고, 초의스님의 여러 저술들을 모아 《초의 선론(1·2)》, 《초의 다론》, 《초의 여록》 등으로 간행하는 사업을 전개하였다. 필자는 18년 동안 초의차문화연구원을 만들어 후학들에게 차와 선을 전파하였으며 전국에 수십 개의 지부가 생겨나게 되었다. 초의스님의 다법과 다례를 연구하여 예술의전당에서 초의선차다법을 발표하고, 독일 프랑크푸르트 공예박물관 , 프랑스 문화원, 영국문화원, 중국 상하이와 청도의 영사관, 일본 오사카·도쿄·고베의 한국문화원 등 세계 각지에서 육법공양, 초의선차, 접빈다례, 생활다례 등의 공연을 하기도 했다.

〈동다송〉 CD를 추계예술대학 김정수 교수팀과 만들어 발표하고, 각종 강연과 원고를 통해 초의스님의 차와 선, 문학과 예술을 전파하려고 노력해왔다. 현암사에서 『우리가 꼭 알아야 할 우리 차』를 출간한 것도 그런 노력의 일환이었다. 이처럼 많은 사업을 진행하였으나 돌아보면 아쉽고 미진한 점도 없지 않았다. 그러나 노력만큼은 스스로 돌아보더라도 가상하다고 할 만하다.

제2부

초의스님과 《동다송》

제2장

《동다송》의
원본과 전사본

《동다송》의 원본과 전사본

《동다송》에 관한 내용은 초의가 쓴 《일지암문집(一枝庵文集)》 권2의 〈해거도
인에게 올리는 글[上海居道人書]〉에서 볼 수 있는데 《동다송》의 맨 처음 이름
은 《동다행(東茶行)》이었다. 이 글의 원전을 찾아가 보면 1906년에 펴낸 목활
자본 《초의선집》(김봉호 역, 경서원, 1977)이 있고, 《초의시고(草衣詩藁)》에는 《동다
송(東茶頌)》으로 되어 있다. 그런데 그보다 16년 전인 1890년에 필사된 월여
범인이 편집하고, 원응계정이 정리한 필사본 《초의선사전집》(용운 편, 아세아출
판사, 1985)의 《일지암 문집》과 《문자반야집》에는 같은 내용인데 《동다행》으
로 되어 있다. (정영선, 《동다송》, 너럭바위, 161쪽 참조.)

이를 고찰해 보면 1890년에는 대흥사에 초의스님께서 처음 쓰신 《동다행
(東茶行)》이 있었던 것이고, 1906년에는 원본은 사라지고 석오 윤치영이 새로
쓴 판본을 전사(轉寫)한 것이 대흥사에 남아있었음을 짐작할 수 있다.

이어서 이후의 전사본들을 정리해보기로 한다.

1. 다예관본(茶藝館本)

일제 강점기에 전사(轉寫)한 것으로 추정된다. 태평양화학 다예관이 소장하고 있는 필사본이다. 대흥사 응송(應松) 박영희(朴暎熙) 스님이 소장하고 있던 것을 진주의 차인 아인 박종한 선생을 거쳐 대평양화학에서 구입하여 보관 중이다.

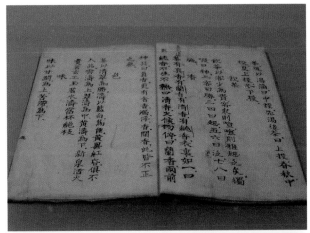

다예관본 《동다송》

종정예하(성파스님)가 만들어주신 옻칠 숙우

2. 석오본(石梧本), 석경각본(石經閣本)

1851년 전사(轉寫)하였다. 하나의 판본인데 서로 혼동하여 둘로 보기도 하고 달리 부르고 있다. 그러나 한 판본이다. 1837년 초의스님은 홍현주의 의뢰로 《동다행(東茶行)》이란 제목으로 글을 지어 보냈다. 그러나 오자(誤字)가 많아 그 후 변지화(卞持和)가 초의에게 다시 수정 정리해서 보내주기를 부탁하였다. 이에 초의스님이 다시 정리하여 석오(石梧) 윤치영(尹致英)에게 부탁하여 정서한 것이 이 전사본이다. 이 판본 제목 아래의 부기(副記)는 초의의 친필로 전해진다. 그리고 이 전사본에는 대부분의 다른 전사본에 나타나는 신헌구(申獻求)의 제시(題詩)가 없다.

"석경각본은 영조의 부마로 남양주 평내동에 궁을 하사받은 능성위(陵城尉) 구민화의 후손인 구명회의 소장본이고 석경각(石經閣)은 그 집 사랑채의 이름"이라고 박동춘은 말하고 있다.(박동춘, 《초의 의순의 동다송·다신전 연구》, 이른아침, 118쪽 참조.) 그러나 석경각(石經閣)이라는 당호는 도처에서 사용되어 꼭 능성위 구영회 소장본이라 보기 어렵다. 과거 이 판본은 윤치영(尹致英)의 필사본으로 이일우(李一雨)가 소장하고 있었다고 알려져 있다. 그러나 그 후 2014년 옥션에 경매로 나왔고, 현재 소장자는 미상이다. 이 전사본에도 오자(誤字)와 낙서(落書)가 있고 대흥사 초의 소장본을 전사한 다른 문헌과 약간의 차이점이 있다. 석경각본(石經閣本)을 정영선과 박동춘은 권두(卷頭)에 석경각장(石經閣藏)이라 쓰어 있어 석경각본으로, 그리고 김대성가 정민·유동춘, 용운, 김대성, 류건집 등 대부분의 사람은 필사한 석오(石梧) 윤치영의 호(號)를 따서 석오본(石梧本)으로 칭한다. 이렇게 명칭이 다른 것은 후대(後代)의 《동다송》 연구자들이 그리 한 것이다.

석오본과 석경각본을 각각 서로 다른 전사본으로 나누어 언급한 사람은 류건집과 박동춘 두 사람이다. 정영선은 《동다송》에서 원문 전사본을 소개하며 처음부터 석경각본이라고 하였고, 박동춘은 《초의 의순의 동다송·다신전 연구》에서 2014년 K옥션에 처음 나온 것이라고 주장하고 있다. 또 같은 책에서 다른 석오본에 대해서도 언급하고 있다. 따라서 석오본과 석경각본이 서로 다른 것으로 보고 있다. 그러나 석오본이라는 전사본과 정영선이 소개한 석경각본, 그리고 박동춘이 새로 발견하였다고 하는 석경각본, 그리고 정민·유동훈이 참고한 석오본은 그 전사본을 함께 비교해보면 모두 같은 판본임을 알 수 있다. 단, 정영선이 석경각본이라고 소개한 판본과 타 판본의 차이는 맨 처음 부분에 후인(後人)이 펜글씨로 메모한 부분만 차이가 있다. 그러나 잘 살펴보면 다른 판본에서는 그 펜글씨를 지운 흔적을 발견할 수 있다.

결론은 석경각본과 석오본은 하나이고, 현재 소장자는 이일우(李一雨) 씨가 아니고 옥션에서 낙찰받은 누군가의 소유일 것으로 추정된다. 이 책에서는 그 첫 장에 석경각장(石經閣藏)이라고 쓰여 있으므로 석경각본이라 부르기로 한다.

3. 경암등초본(鏡菴謄抄本)

1874년 전사(轉寫)로 전해진다. 맨 뒤에 '동치갑술경암등초(同治甲戌鏡菴謄抄)'라고 적혀있어 '경암본(鏡菴本)'이라고 한다. 이 본은 초의스님께서 돌아가신 후 8년째 되던 해 전사(轉寫)한 것이다. 표지에 '동다송(東茶頌)》 권일(卷一)'이라 쓰여 있다. 예전에는 한국차문화연구소 정영선 소장본으로 알려져 있었으나 지금은 소재 불명이다.

이 판본에 대해서는 위작설도 제기되어 있다. 그 근거는 이렇다. 신헌구가 《동다송》 맨 뒷부분에 부기한 제시(題詩)는 그가 해남에서 생활할 당시 지었던 시로, 《추당잡고》 1권에 실린 〈화훼잡시(花卉雜詩)〉 20수 연작 중 19번째 시인 〈향차(香茶)〉를 옮겨 적은 것이다. 신헌구가 《동다송》 맨 뒤에 붙은 이 시를 쓴 것은 1877년이다. 그런데 경암등초본 맨 뒤에 적힌 '동치갑술경암등초(同治甲戌鏡菴謄抄)'에 나오는 갑술년은 1874년이다. 결국 갑술년(1874)에는 신헌구의 시가 아직 쓰이기 전인 것이다. 따라서 일부 학자들은 이 판본이 위작(僞作)이며, 근대 다예관본의 전사본으로 보기도 한다. 오자(誤字) 비교 시 다예관본과 거의 일치한다. 이 글에서는 경암등초본(鏡菴謄抄本)으로 칭한다.

경암승정(鏡菴勝正, 1816~1894) 스님은 조선 말 호남지역에서 활동하던 스님이다. 이 스님의 스승은 인곡영환 스님과 법형제인 영파덕수(永坡德壽) 선사다. 인곡, 영파 두 스님은 연담유일의 제자인 혜월제해(慧月濟海) 선사를 스승으로 모셨다. 여기 혜월 스님은 다산과 교류했던 백련사 아암혜장의 법형제이다. 또 경암스님의 스승인 영파선사는 초의스님의 스승인 완호선사와도 많은 교류를 가졌다.(《동사열전》〈인곡스님〉 편 참조.)

가경(嘉慶) 병자년(순조 16, 1816)에 태어났으며 광서(光緒) 갑오년(고종 31, 1894)에 천은사(泉隱寺)에 주석하고 있었다. "그의 세속 나이는 79세이건만 마치 48세 비구의 모습 같다."라고 말하고 있다. 또 백양사의 기록을 보면 1892년 백양사 금강암을 창건하였다고 한다. 결국, 초의스님과 동시대에 차생활을 즐기시던 스님이다. 대흥사와 백양사, 천은사를 중심으로 활동하셨고 연담유일의 제자이며 아암혜장의 법형제인 혜월스님의 제자 영파스님을 스승으로 모셨으니 차생활과 밀접한 환경에서 살았다고 볼 수 있다. 또 그 스승 영파덕수(永坡德壽) 선사는 인곡스님과 함께 명필로도 유명하셨고 사찰의 많은 전적들을 베껴 쓰는 것을 좋아했다고 한다.

하지만 《동다송》 경암등초본의 맨 뒤에 있는 '갑술동치(甲戌同治)'와 신헌구의 헌시 연대가 맞지 않으므로 이를 경암스님의 등초본으로 보기에는 문제점이 있다. 다만, 경암승정(鏡庵勝正) 스님 또한 조선 말 차생활을 즐기고 공부하셨던 호남지역의 스님 중 한 분이니, 누군가 그 분 이름을 빌어 가탁(假託)했을 가능성이 높다.

4. 다송자본(茶松子本)

1886년 전사(轉寫). 송광사에 보관되었던 판본으로 책 겉장에 《백열록(栢悅錄)》이라는 제목이 붙어있어 백열록본(栢悅錄本)이라고도 한다. 다송자스님은 법명은 '보정(寶鼎)', 호는 '금명(錦溟)', 자는 '다송자(茶松子)'이며, 1861년 태어나서 1930년 입적하셨다. 이 책에서는 '다송자본(茶松子本)'이라 칭한다. 이다송자본은 현재 송광사 방장인 현봉스님이 주지 소임을 할 당시 박물관장이던 고경스님과 함께 도서관에서 찾아낸 것이다. 차인 김대성 선생이 이판본으로 《초의선사의 동다송》(동아일보사)을 냈고, 나중에 현봉스님은 금명보정 선사의 부도탑을 세우고 《솔바람 차향기-금명보정의생애와 사상》이라는 책도 냈다.

5. 채향록본(採香錄本)

1886년 이후 백열록본을 재(再) 전사(轉寫)한 것으로 본다.

송대 길주요에서 만든 천목다완

6. 법진본(法眞本)

1891년 백양사 승려 법진이 전사했다고 전해지는 전사본이다. 소유자는 담양 용화사의 수진(守眞)스님이라고 네이버 등 대부분의 자료에 소개되어 있다. 이 '법진본(法眞本)'은 백양사 스님 법진(法眞)이 초의스님 입적 후 대흥사를 방문하여 전사(轉寫)한 것이라고 한다. 그러나 법진스님의 사승(師承)과 생몰연대는 아직 밝혀진 바 없다.

정민 교수의 《잊혀진 실학자 이덕리와 동다기》에 의하면, 초의스님께서 직접 필사하신 《다경(합)》을 전사하면서 《동다송(東茶頌)》을 함께 전사한 것으로 보인다고 한다. 그런데 이 법진본 소장자라는 담양 수진(守眞)스님의 소장품 중 《다경(합)》은 없고, 그 밖에 법진스님이 전사하신 차에 관한 자료도 일질 찾을 수가 없다. 최근 수진스님 사조(師祖) 묵담스님 소장품 목록을 분류 정리하신 분도, 수진스님 유물에는 법진본 《다경(합)》이 목록에 없었다고 한다. 즉 원본의 행방이 모호한 것이다.

《동다송》 해설에서 이 법진본을 언급한 사례를 살펴보자. 먼저 1992년 김명배의 《초의전집》 제1집에서 이 법진본을 언급했는데, 〈동다송 주해〉 부분에서 그 구체적인 내용을 언급한 것은 없다. 류건집의 《동다송 주해》에서도 이 전사본에 관한 언급은 있으나 책 내용에서 법진본을 인용하지는 않았다. 그밖에 법진본의 존재를 언급한 책으로는 정민·유동훈의 《한국의 다서》가 있으며, 여기서는 법진본의 구체적인 내용이 나와 있다. 또 용운스님은 《기다(記茶)》의 저자를 정약용이 아닌 '전의이(全義李)'로 주장한 문헌에서 처음 법진본의 존재를 언급하였다.

그러나 아직 일반에게는 법진본의 전문 판본이 공개되지 않았다. 만약 법진본이 공개된다면 초의스님 친필본이 없는 작금의 현실에 비춰볼 때 석경각본, 법진본, 다송자본, 다예관본 등 모든 판본을 누구나 쉽게 보고 그것들을 비교할 수 있게 되어 전사(轉寫) 과정과 문자의 오류를 바로잡는 데 많은 도움이 될 것으로 보인다. 또《다경(합)》에《다신전》,《만보전서》의 〈다경채요〉 등 초의스님께서 소장하신 많은 차 관련 문헌들이 함께 있다고 하니 차를 연구하는 분들에게는 큰 도움이 될 것으로 여겨진다.

이 책에서 법진본에 관해 언급한 부분은 정민·유동훈의《한국의 다서》주해 부분을 인용한 것이고, 인용 시 그 출전을 표기하였다. 특히 초의스님 친필《다경(합)[茶經]合]》전사본을 다시 법진스님이 전사(轉寫)했다고 하는《다경(합)》의 내용에서 많은 도움을 얻을 수 있었다.

7. 기타 전사본들

기타 근래에 전사(轉寫)된 효산등초본(曉山謄抄本), '한국불교전서본 10', '한국불교전서본 12' 등 몇 개의 필사본들이 있으나 대부분 다예관본의 전사본으로 여겨진다.

이상의 전사본에 관한 정리를 바탕으로 이 책에서는 석경각본을 저본으로 하고 다송자본, 경암등초본, 다예관본, 법진본, 한국불교전서본을 비교하여 다른 글씨가 나올 경우 초의스님이 인용하신 중국 문헌과 비교하여 중국 문헌의 글씨를 원본으로 보고 교정하며 이를 주석에 표기하였다.

단 초의스님 자신의 의견을 쓴 부분일 경우 앞뒤 문맥의 상황을 비교하여 서로 다른 글자를 바로잡는 것이 바람직할 것으로 여겨진다.

해남 대흥사의 초의대선사 상

제3부

현대인을 위한 차 이야기

제1장

차에 관한
오해와 진실

1.
차의 기원 문제와
《신농본초경》

　신농(神農)이라는 전설상의 인물은 '삼황오제(三皇五帝)' 중 두 번째 황제라고 하며 정식 이름은 '염제(炎帝)'이다. 기원전 28세기에 사람의 몸에 소의 머리[人身牛頭] 형상을 하고 태어났다고 전해진다. 신농은 마차와 쟁기를 만들었으며 소를 길들이고 멍에를 씌워 다루기 쉽게 하였다고 한다. 또 백성들에게 불로 토지를 깨끗하게 하는 법을 가르쳤고 중국을 확고한 농경사회로 만드는 데 기여했다고 알려져 있다. 또한 그가 직접 맛보고 작성한 365종의 약초에 관한 목록은 《신농본초경(神農本草經)》이 되어 후대 식물의학의 기초가 되었다고 전해진다.

　이상은 백과사전에 나오는 신농에 관한 설명을 간추린 것이다. 여기에서 인신우두(人身牛頭)는 종교와 정치가 하나이던 제정일치(祭政一致) 시대 지도자의 형상을 그렇게 표현한 것이다. 그런데 《신농본초경》은 어떻게 기록되어

신농씨

전해졌을까? 글씨는 어떻게 생겼고, 어디에 기록하였을까? 나아가 신농이 살던 삼황오제(三皇五帝) 시절 글씨가 있기나 했을까?

중국의 문자는 창힐(蒼頡)이 만들었다고 전해진다. 물론 창힐은 신농보다 후대의 사람이다. 그렇다면 신농 시대는 글씨도 없던 시절이다. 만약 글씨가 아닌 그림과 같은 표기 방법이 있었다면 삼황(三皇) 시대 이후 오제(五帝) 시대의 첫 번째인 황제(皇帝)의 명(命)으로 어디에 썼던 것일까? 종이가 없던 시절이니 갑골문처럼 뼈 조각에 쓰거나 청동기에 새겼을까? 아니면 혹자가 말하듯 그 당시는 암기력이 뛰어나서 누군가가 줄줄 외워서 전승했던 것일까? 뭐 그럴 수도 있기는 하다. 그런데 300여 가지의 약초에 관한 수많은 설명이 있는데, 그것의 암기가 가능했을까?

지금의 《신농본초경》 책을 현대인 중에 다 외우고 있는 사람이 과연 있을까? 독자들이 직접 책을 본다면 거의 불가능하다는 것을 알 수 있을 것이다. 목간이나 죽간도 끈이 끊어져 차례가 뒤죽박죽인데, 갑골문이 순서대로 있을 리도 없다. 왜 갑자기 《신농본초경》 이야기냐고? 신농(神農)이 약초를 먹어보고 그 부작용을 찻잎으로 해독시켰다는, 차의 근원에 관한 이야기를 따져보기 위해서다.

신농의 설을 믿는다면 인류의 차생활 역사는 무려 5,000년 전으로 거슬러 올라가게 된다. 그런데 그것은 어디까지나 전설이고 《신농본초경》에 나오는 이론으로 한의학이 자리를 잡아가기 시작한 시기는 한(漢)나라 시대로 보고 있다.

《신농본초경》은 중국에서 가장 오래된 전문 본초학 서적이다. 현재 그 성립 연대에 대해서는 이론이 분분하나 기원전 1세기 무렵 전한(前漢) 말기로 보고 있다.

제목의 '신농'이라는 명칭은 그 저자가 신농으로 설정되어 있기 때문인데, 말할 것도 없이 이는 신농이라는 신화 상의 인물에 가탁하여 그 권위를 높이기 위한 장치다. 본초(本草)라는 말은《한서(漢書)》〈평제기(平帝紀)〉에서 처음 발견된다. 그러나 이때의 본초(本草)라는 말이 초본식물만을 약물 대상으로 삼은 것이라고 생각해서는 안 된다. 약물을 통칭할 때 흔히 그냥 본초(本草)라고 했다. 즉 돌이나 동물성의 약재도 본초라고 불렀던 것이다.

《신농본초경》이 세상에 나온 후 광범위하게 유포되니, 점차 그에 대한 추가 연구도 이루어지고 새로운 약물도 추가되었다. 예컨대 감숙성(甘肅省) 무위(武威)에서 출토된 동한(東漢)시대 간독(簡牘, 글씨를 쓴 나무나 대나무 조각)에서는 근 100종에 달하는 약물을 기재하고 있거니와 그 중 20종은 현존하는《신농본초경》에는 전혀 보이지 않는 것이다. 따라서 시대가 진행됨에 따라《신농본초경》은 약학서로서 권위를 갖게 되어 각종 주석본 혹은 증보판이 출현하게 된 것이다.

이런 것들 중에서 가장 유명한 것이 바로《본초경집주(本草經集注)》라는, 중국 남조시대 양(梁)나라 도사(道士) 겸 명의(名醫)인 도홍경(陶弘景, 452~536)의 저작이다. 이《본초경집주》는 편작을 비롯한 역대 중국의 저명한 의사 전기인《명의별록(名醫別錄)》이라는 의서에 나오는 약물 365종을《신농본초경》에 더하여 완성한 것이다. 이렇게 해서 이 도홍경의《본초경집주》에는 기존《신농본초경》의 365종을 합하여 730종이 수록되게 되었다. 즉 신농이라는 이름은 책의 권위를 더하기 위해 빌려온 것이고, 책이 만들어지기 시작한 것은 유방에 의해서 생긴 한(漢)나라 전기 이야기이며, 그 후 조조와 유비가 서로 힘을 겨루던 동한(東漢)시대에도 첨삭이 계속되다가 남북조(南北朝)시대에 이르러 책으로 만들어지기 시작한 것이다. 시대를 살펴보면 전한(前漢)은 기원전 202년~기원후 220년, 동한(東漢)은 기원후 220년~265년, 그리고 남북조(南北朝)는 기원후 265~420년이다. 따라서 《신농본초경》은 아무리 늘려 잡아도 지금처럼 완성된 것은 서기 약 300년경에 만들어 진 것이라는 결론이다. 그 당시 한반도에서는 고조선의 세력이 약화되고 한사군이 소멸되며 고구려, 백제, 신라, 가야 등이 부족국가에서 고대국가로 발돋움하고 있었다.

나아가 차문화가 융성해지고 선비들의 글에 차가 등장한 것은 서기 600년대의 당(唐)나라 때부터이고 차를 한방(韓藥)의 처방에 사용한 것은 서기 300년경부터라고 해도 많이 올려서 이야기해준 셈이 된다. 그러므로 신농 이야기를 차의 기원으로 말하는 것은 전설을 이야기하는 것이지 역사적 근거는 없다고 할 수 있다. 그리고 음양(陰陽)과 오행(五行) 이론이 서로 결합된 것은 전국시대(戰國時代) 제(齊)나라 추연에 의해서라고 전해지나 이를 입증할 자료가 없고, 한(漢)나라 시대에 결합된 것은 확실하다고 볼 수 있다.

여기서 '신농(神農)'과 《신농본초경》 이야기를 꺼낸 것은 요즘 많은 논란이 되고 있는 몇 가지 논쟁적 사안을 정리해보기 위해서이다. 그 중의 하나가 '구증구포(九蒸九曝)' 관련 논란이다. 다른 논란으로는 최범술 선생께서 《한국의 다도》에서 언급한 '차에는 오미(五味)가 있다'는 내용과 '차는 약간 차가운 성질이 있어 몸이 찬 사람에게는 맞지 않는다.'는 내용이다. 이 주장들이 모두 《신농본초경》을 근거로 삼고 있기 때문에 우선 이 책을 자세히 소개한 것이다.

2.
구증구포(九蒸九曝) 이야기

우리나라 차에 있어서 '구증구포(九蒸九曝)'는 다산 정약용이 맨 처음 언급하였다. 그런데 다산은 훗날 다시 '삼증삼쇄(三蒸三曬)'를 말하기도 하였다.

물론 한의학에서는 생지황(生地黃)이나 하수오(何首烏), 황정(黃精) 등의 약재를 아홉 번 찌고 아홉 번 말리라고 나온다. 이렇게 할 경우 약의 부작용을 줄이고 약효를 최대화할 수 있다고 설명하고 있다.

왜 아홉 번일까? 경험상? 아니면 9라는 숫자가 완전수 10에 가장 가까운 숫자라서? 이는 수리학(數理學)이 나온 중국의 춘추전국시대 이후 아직 자연과학이 미비했던 조선시대까지의 이야기인 것이다. 많이 쪄서 좋으면 10번, 20번 쪄야지 왜 아홉 번일까?

요즘에는 각 약재들의 효과를 나타내는 성분이 몇 번 쪘을 때 가장 많이 증가하는지, 아니면 몇 번 찐 후 그 약을 달이거나 우려냈을 경우 유효성분이 잘 추출되는지 등에 대한 정밀 측정이 가능하고 그 측정치에 의해 연구 논문이 나오고 있다. 또 홍삼에서 더 발전한 방법이라는 '흑삼(黑蔘)'의 경우 너무 많이 쪘을 때 암을 유발시키는 타르 성분이 증가한다는 실험 결과도 있다.

과거 동양의 학문은 음양오행(陰陽五行)이나 수리학(數理學) 등의 방법으로 우주나 만물의 현상을 설명하고자 하였다. 이러한 방법을 '추상화(抽象化)'라고 하고, 큰 관점에서 보면 많은 것들이 그 법칙에 따르기도 한다. 그러나 항상 예외나 특별한 경우, 그리고 법칙에 따르지 않는 경우도 허다하다.

최근의 한의학 논문에 따르면 생지황이나 황정의 경우 세 번 찌고 말렸을 경우 유효성분이 가장 많이 증가함을 볼 수 있었다고 한다. 즉 수리학(數理學)적 사고방법에 의한 '아홉 번'이 아니었다는 얘기다. 또 산조인(酸棗仁)의 경우 기존에는 볶아서 써야만 숙면(熟眠)에 도움이 된다고 하였는데, 그냥 좀 부숴서 써도 효과가 같다는 보고도 있다. 즉 겉을 둘러싸고 있는 셀룰로오스층이 문제였다는 것이다.

이제 이러한 사례와 이치를 차를 만드는 방법에 적용시켜 살펴보자. 종전까지 차를 만드는 방법으로 '구증구포(九蒸九曝)'를 주장하는 분들의 말에는 어떤 모순이 있을까? 우선 어느 품종의 찻잎인지, 즉 고수차인지 재배차인지 야생차인지의 전제가 없다. 그리고 세작, 끝물차 등 찻잎의 상태에 대한 전제 또한 볼 수 없다. 더 나아가 몇 분 동안 찌고 몇 분 동안 말렸는지 설명되지 않고 있다. 그냥 '아홉 번'이란다.

그런데 차를 만드는 방법은 떡차, 연고차, 잎차, 가루차 등 차의 형태에 따라 다 달라야 한다. 그리고 찻잎이 연한 세작인지, 중간 정도인지, 끝물차인지에 따라서도 다르고 차 품종이 대엽종인지 소엽종인지, 야생차인지 재

배차인지에 따라서도 달라야 한다. 결국 차를 만드는 사람이 자신이 추구하고자 하는 차의 색과 맛과 향을 가장 잘 우려낼 수 있는 방법으로 차를 만들었을 때 최고의 방법이 되는 것이다.

거듭 말하면, 다산의 '구증구포(九蒸九曝)' 이론은 아직 과학의 발전이 미비하고 중국의 수리학(數理學)이 지식인들에게 진리로 여겨지던 시절의 이야기에 불과한 것이다. 그리고 다산의 전기와 글들을 잘 살펴보면, 강진 유배 초기의 사의재(四宜齋) 시절에는 차에 관한 언급이 거의 없다는 것을 알 수 있다. 사실 그 시기에는 다산과 그 형님을 다시 재판하여 엄벌에 처해야 한다는 상소가 일 년에도 몇 번씩 조정에서 거론되고 있었다. 따라서 선생도 정신적으로 몹시 힘들어 하던 시기다. 물론 어린 시절 화순에서 연담유일 스님과 차 마시던 이야기, 고향집에 찾아온 스님들과 차를 마신 일을 기록한 글들은 있다. 그러나 차를 직접 만들었다는 이야기는 다산초당 시절 이전에는 찾기 힘들다. 고성사에서 혜장스님께 쓰신 〈걸명소〉의 한 구절에 비약을 동원하지 않는다면 말이다.

즉 '구증구포(九蒸九曝)'는 그 시절 지식인들에게는 금과옥조의 진리로 들렸을지 모르나 오늘날에는 마치 요즘 젊은이들에게 '남녀칠세부동석(男女七歲不同席)'을 말하는 것과 같은 이야기인 것이다.

그러나 '삼증삼쇄(三蒸三曬)'는 달리 해석해야 한다. '구증구포'가 번거로우니 '삼증삼쇄'만 하라는 단순한 말이 아니다. '구증구포'는 그냥 쪄서 말리기를 반복하는 것이고, '삼증삼쇄(三蒸三曬)'는 세 번 찌고 짓찧어 틀에 넣고 말린다는 말이다. '구증구포'의 방법은 열을 가하는 시간을 늘리고 '삼증삼쇄'는 열을 가하기도 하지만 물리적 힘을 가하여 셀룰로오스층을 부수는 방법인 것이다. 잎차를 만들 때 멍석에서 가볍게 문지르는 것도 같은 이치인 것

조재호 作 찻사발

이다.

어떤 분들은 찌지 않고 솥에 덖어서 만드는 차도 아홉 번 덖어야 한다고 주장한다. 그런데 그것은 '구증구포'가 아니고 굳이 말한다면 '구초구포(九炒九曝)'의 제다법이다. 그렇다면 이 '구초구포'로 차를 만드는 분들은 차의 색 향미 가운데 어떤 부분을 추구하여 그런 방법을 사용하는 것일까? 솥의 온도를 어느 정도로 하고, 횟수마다 몇 분이나 덖을까? 차의 품종과 찻잎의 상태에 따라 온도와 시간을 달리하는 구체적인 설명을 들은 적이 있으신가? 그냥 무슨 차든 무조건 아홉 번일까? 초의스님의 다맥(茶脈)을 이었다는 응송스님은 왜 한 번만 덖고 한 번 배건(焙乾)하고 끝내셨을까? 다시 한번 잘 생각해볼 문제다.

과학적 방법이 없던 옛날에는 그냥 책 좀 보신 지식인들이 옛 문헌에 나오는 것을 보고 말씀하시는 것을 시키는 대로 하였다. 차를 만드는 법도 그렇게 만들었던 것이다. 그러나 인공지능과 대화를 하는 요즘 시대에는 과학적 근거를 가지고 있지 않은 차 만드는 방법은 다시 생각하고 바꿔 나가야 할 것이다. 즉 우리의 차 제조법도 '남녀칠세부동석'의 시대를 벗어나야 한다는 얘기다.

차의 제법을 이야기할 때도 만들고자 하는 차의 종류별로 제다법이 달라야 하고, 찻잎의 품종이나 상태에 따라 여러 가지 방법을 시도하여 최선의 방법을 찾아내야 할 것이다. 또한 그 차 제품이 추구하는 바를 설명하고, 그 목적을 이루기 위한 보다 과학적인 방법을 제시하는 것이 바람직한 제다 방법이라고 하겠다.

3.
차에는
오미(五味)가 있다?

차에 관한 문헌을 읽다보면 '차에는 다섯 가지 맛이 있다.'는 내용을 가끔 대하게 된다. 여기서 말하는 오미(五味)는 '신맛[酸], 쓴맛[苦], 단맛[甘], 매운맛 [辛], 짠맛[鹹]'의 다섯 가지를 말한다.

그러나 한의학 문헌의 차 맛에 대한 기록에서는 '달고 쓰고' 간혹 '떫다[澁]' 는 말은 있어도, 시다든지 맵다든지 짜다든지 하는 말은 찾아볼 수 없다. 그 런데 유독 다도 문헌에만 차의 맛에 오미(五味)가 있다고 하니 과연 어떤 이 유일까?

사실 근대 한국 다도 문헌에 차의 맛을 다섯 가지로 처음 언급하신 분은 효당 최범술 선생이다. 효당은 《한국의 다도》라는 책 제5장 〈다도(茶道)〉에 서 "끽다에서 맛보는 쓰고, 떫고, 시고, 짜고, 단[苦·澁·酸·鹹·甘] 다섯 가지 맛 으로 해서 인생의 쓴맛의 의의와 단맛의 기쁨을 음미하는 것이며, 차실의 분위기에 있어도 차분히 가라앉아 고요하고, 깨끗하며, 평화롭고, 경건함[寂·淸·和·敬]이 감돌게 하여 드디어는 차 마시는 사람이 적·청·화·경의 정신으로 된다는 것이다."라고 했다. 이는 원래 맛의 오행(五行) 개념에서 매운맛[辛]대신 떫은맛[澁]을 넣어 다도(茶道)의 의미를 설명하고 있는 것이다.

효당의 이러한 언급 이후 다도에 관한 책을 쓰시는 분들은 습관적으로 차에는 '다섯 가지 맛'이 있다고 언급하였고, 심지어 어떤 책에는 떫은맛이 아니라 매운맛이 들어가기도 하였다. 그렇다면 이분들은 왜 차의 맛을 설명하면서 일반 사람은 느낄 수 없는 매운맛이나 신맛, 혹은 짠맛을 언급하며 '다섯 가지 차의 맛'이라고 했을까?

동양의 음양오행설에서는 완전한 우주를 이루는 인자(因子)로 그것이 하나일 경우에는 태극(太極), 둘일 경우에는 음양(陰陽), 셋일 경우에는 삼재(三才), 넷일 경우에는 사상(四象), 다섯일 경우에는 오행(五行), 여섯일 경우에는 육기(六氣), 일곱일 경우에는 칠요(七曜), 여덟일 경우에는 팔괘(八卦), 아홉일 경우에는 구궁(九宮)으로 나눠 관찰하고 설명한다. 따라서 맛의 오행의 경우 목화토금수(木火土金水)에 상응하는 산고감신함(酸苦甘辛鹹)의 다섯 가지 맛을 다 가지고 있어야만 완전한 기호식품의 의미를 지니고 있다고 설명할 수 있게 된다. 게다가 차의 정신을 설명할 때는 차생활을 통하여 인격적 또는 정신적 완성을 이룬다고 말하곤 하는데, 맛에 있어서 그 중 한두 가지가 빠진다면 차의 맛과 우주를 견주어 설명할 때 조금은 모순도 생기게 된다. 이를 해결하기 위한 방법이 '다섯 가지 차 맛'이다. 이 '5'에 맞추기 위하여 나온 다소 이상한 맛이 쓴맛이나 짠맛인데, 혹자들은 매운맛의 경우 중국의 고정차(苦丁茶)에서 느껴지는 맛이라고 하고, 짠맛은 차를 저장할 때 소금을 쓰거나 차를 낼 때 약간의 소금을 가미하기도 했다는 이야기로 끼워맞추기도 한다.그러나 이는 한마디로 '견강부회(牽强附會)'라고 말할 수밖에 없다. 효당 선생이 설명을 쉽게 하기 위하여 도입한 방편을 후세 사람들이 냉철한 검토 없이 수많은 문헌에 인용하고 부풀려 이러한 현상이 벌어진 것이다.

음양오행가의 논리 외에 도가의 서적인 노자 《도덕경(道德經)》에는 이런 글이 있다.

五色令人目盲(오색령인목맹)　다섯 가지 색은 사람의 눈을 멀게 하고
五音令人耳聾(오음령인이롱)　다섯 가지 소리는 사람의 귀를 먹게 하고
五味令人口爽(오인령인구상)　다섯 가지 맛은 사람의 입을 망치게 한다.

즉 감각적인 차원에서 완벽함을 추구하는 것이 오히려 욕심이 되어 눈이나 귀, 입들을 망치게 하니 너무 완벽함을 추구하는 것을 경계하라는 말이다.

그렇다면 차에는 실제로 무슨 맛이 들어 있을까?

탄닌 성분이 주는 약간 쓰고 떫은 맛, 그리고 그것이 입 속의 효소에 의해 당(糖)으로 변화하여 맴도는 달콤하고 맑은 맛 등이다. 물론 과학적 분석으로 설명되지 않는 맛도 있다. 예컨대 차의 종류, 차를 같이 마시는 사람, 그리고 그 자리의 분위기, 마시는 이의 기분 상태에 따라 차 맛은 그때그때 달라질 수도 있는 것이다. 하지만 차, 특히 우리 녹차에서 매운맛이나 짠맛을 느끼기는 불가능하다.

이처럼 차의 맛은 꼭 오미(五味)가 아니다. 완전함의 상징인 다섯 가지 맛이 아니라도 차는 수많은 사람이 사랑할 수밖에 없는 좋은 맛을 지니고 있다. 달고, 쓰고, 떫고…, 그리고 분위기나 기분에 따라 마시는 사람만이 느낄 수 있는 그 어떤 맛이 있는 것이다.

누군가 차가 어떤 맛이냐고 물어오면 필자는 '봄맛'이라고 대답하곤 한다. 한겨울에 차를 마실 때도 봄날 다원에 갓 돋아난 녹차의 푸른 잎을 생각하며 느끼는 싱그러움과 부드러움, 포근함, 그리고 마음 한구석에서 솟아나는 삶에 대한 기대감 등을 느낄 수 있기 때문이다.

4.
차가 우리 몸을
냉(冷)하게 한다?

    차에 대한 강의나 언론매체의 건강강좌에서 때때로 '차는 몸을 냉(冷)하게 한다. 그러므로 선천적으로 차가운 몸을 가지고 태어난 소음인(少陰人)은 많이 마시면 위장에 별로 좋지 않다.'는 식의 이야기를 듣게 된다. 나아가 녹차는 성질이 차고 중국의 보이차나 홍차는 성미가 따뜻하다고도 한다. 누가 그런 터무니없는 이론을 만들었을까? 근거를 찾을 수 없는 말이다.

    또 어떤 이는 "나는 몸이 차서 녹차는 잘 안 받고 발효차나 보이차를 먹어야 좋다."고 말하곤 한다. 물론 개인적으로 그렇게 느껴질 수도 있다. 차의 종류, 차를 우리는 방법이나 농도, 음다의 방식 등에서 개인마다 차이가 있을 수 있기 때문이다. 즉 저마다의 개인에게 가장 잘 어울리는 차와 음다의 방식이 존재하는 것은 사실이다. 그러나 모든 녹차 종류가 냉(冷)하다는 것은 적어도 사실이 아니다. 따라서 녹차가 누군가의 입맛이나 체질에 맞지

마지막 손질

해남 반야다원의 첫물차로 여연스님이 만든 〈설아〉

않을 수는 있지만, 그건 녹차의 성질이 차기 때문은 아니다.

차를 좋아하는 한의사 입장에서 보면, 녹차의 성질이 차다는 말은 그야말로 많은 모순을 내포하고 있는 이야기일 뿐이다. 극단적으로 예를 들자면, 눈을 감고 코끼리를 만지며 '코끼리는 원기둥 모양'이라고 말하는 것과 같이 느껴진다.

그럼 차에 대해 언급한 중국과 한국의 한의학 문헌을 기초로 그 진실을 알아보자.

명나라 이시진이 지은 《본초강목(本草綱目)》에는 "차(茶)의 맛은 쓰고[苦] 달며[甘], 그 성질은 미한(微寒)하고, 독성이 없다."고 나와 있다. 또 우리나라의 《동의보감(東醫寶鑑)》도 《본초강목》과 동일하게 이야기를 하고 있고, '몽산차(蒙山茶)는 성질이 약간 따뜻하여 치료에 뛰어나다.'고 덧붙이고 있다. 아무튼 이들 두 책에 따르면 차의 성질은 '약간 차다[微寒]'고 한다.

문제는 이들 두 책이 말하는 '차'는 오늘날 우리가 마시는 차가 아니라, 차로 제다되기 이전의 찻잎, 약재로서의 찻잎을 말한다는 점이다. 이 책들의 지적처럼 원래의 차 생잎은 그 성질이 약간 차가울지 몰라도, 찌고 불에 덖고 말려서 그 차가운 기운을 많이 제거한 것이 요즘 우리가 마시는 차들이다. 즉 약간 차다고 정의했던 신농(神農) 시절의 차는, 지금 우리가 마시는 차와는 다른 생잎 상태의 기운을 말한 것이다. 더구나 요즘은 한의학에서도 한열온양(寒熱溫凉)의 이론보다는 약재의 성분과 치료효능에 눈길을 돌리고 있는 상황이다. 과거 과학이 발전하지 않았던 시절의 음양(陰陽)이나 오행(五行) 등의 사고방식보다는 실증적 검토로 약물을 선택하고 치료하는 것이다.

따라서 앞으로는 차생활을 권하면서 "어떤 상태의 증상이 있는 사람들은 녹차의 이러한 성분이 몸에 해로울 수도 있으니 이러한 방법으로 차를 드십시오." 하고 말해야 한다. 한의사들도 폐기하고 있는 '한열온양'의 이론을 들먹이며 "차가 차가워서 몸이 냉하신 분들은 해롭다."는 이야기는 지양해야 할 것이다.

그리고 한의학에서 차를 약으로 쓸 때는 요즘 우리가 먹는 녹차처럼 다관에 우려서 먹지 않는다. 《동의보감》에 보면 감기 등의 증상에 차를 70g쯤 넣고 한동안 푹 끓여서 그 물을 먹으면 약간 땀이 나면서 감기가 치료된다고 하였다. 이것은 요즘 우리가 찌거나 덖어서 따뜻한 물에 우려서 마시는 차가 아니라, 차탕(茶湯)인 셈이다.

그리고 우리나라 사람들은 몸에 좋다고 하면 뭐든지 진하게 많이 먹는 것이 효능이 좋을 것이라고 생각하고 1회 섭취량을 과다하게 복용하는 경향이 있다. 또 가끔은 오랫동안 차생활을 하신 분이 "저는 차를 좀 짜게(진하게) 먹습니다." 하는 분들을 만나게 된다. 그것은 그런 농도의 차가 몸에 잘 맞는 분에게나 해당되는 것이지, 누구나에게 적용되는 일반 법칙은 아니다. 아니, 대부분의 사람들에게는 별로 바람직하지 않은 방법이다. 어떤 약이나 식품도 과량 복용하면 부작용을 동반하게 되고 생명이 위독하게 되기도 하는 것이다.

또 한의사가 보기에는 개소주, 흑염소즙, 붕어즙 등 일반인들이 건강에 좋다고 집에서 드시는 건강식품들이 너무 농도가 진한 경우가 대부분이다. 의학에서도 죽고사는 위급한 질환이 아니라면 대부분의 질환은 시간이 조금 더 걸리더라도 부드럽고 부작용이 없는 약으로 치료하는 것이 정도라고 여긴다. 기호식품이나 건강식품이라고 다를 수 없다. 과유불급(過猶不及)이다.

따라서 차(茶)를 탕(湯)으로 많은 양 자주 마시거나 가루녹차[抹茶] 많은 양을 매일 마시거나 하지 말고, 일반 엽차를 우려서 마신다면 몸을 냉하게 하거나 위장을 상할 염려가 없다. 혹시 속 쓰림이 나타나는 분들은 좀 연하게 마시면 되는 것이다. 카페인에 예민하게 반응하는 사람이라면 오후에는 가급적 섭취를 지양하는 것이 좋다. 수면장애가 있을 수 있기 때문이다. 물론 특이한 체질을 갖고 있거나 약성분에 예민한 반응을 보이는 분이라면 조금 문제가 있을 수도 있다. 그러나 일반적으로 마시는 녹차로 몸이 차가워지는 것은 거의 있을 수 없는 일이다.

한편, 일부 문헌에서는 차의 화학성분에 대해 자세히 설명하고 있다. 그러나 그것은 대부분 찻잎 전체의 성분을 이야기한 것이고, 적당한 온도에서 차의 양을 조절하여 우려낸 차의 성분을 말하는 것이 아닌 경우가 많다. 그런데 그 성분을 가지고 차의 효능을 과대평가하거나 부작용을 말하는 경우가 있으니 정말 한심스러운 일이 아닐 수 없다. 어느 시기의 어떤 품종 찻잎을 어떻게 제다(製茶)하여 얼마 정도 온도의 물에 차 몇 그램을 넣고 몇 분 동안 우려냈을 때 나오는 성분이 이렇다는 전제가 필요한 것이다.

필자가 아는 다도계의 원로들은 거의 매일 차를 물 마시듯 드시고 생활하고 계신다. 그런데 그분들 대부분이 커다란 질환 없이 80~90세는 거뜬히 건강하게 사시는 것을 볼 수 있었다. 차의 항산화 작용이 강해서, 혹은 몸속 혈관질환이 남보다 적어서 장수하셨을까? 차의 성분이 어떻든, 효능이 어떻든, 아니 부작용이 어떻든, 필자의 소견으로는 우리 건강에 큰 의미가 없다고 생각한다. 차는 약이 아니고 식품이기 때문이다.

맛 있는 차 한잔이 내 곁에 있어 내 삶을 풍요롭게 해주고, 함께 차를 마시는 분위기 속으로 좋은 사람들이 나를 찾아준다면, 몸과 마음을 따뜻하게 만들어주는 보약 같은 차 한잔이 되는 것이다. 나아가 함께 차를 마시며 우리의 삶과 아름다운 자연에 대해 많은 이야기들을 나눈다면 하얀 백자 잔에 연푸른 빛깔의 차 한잔으로도 우리 삶은 진정 아름답고 건강해질 수 있을 것이다.

우리가 마시는 녹차는 결코 몸을 냉(冷)하게 하지 않는다.

5.
다산이 초의에게
차 만드는 법을 가르쳤다?

  우리 차문화사에 관한 책을 쓰신 분들 가운데 일부에서 '초의스님이 차 만드는 제다법을 다산 선생께 배웠다.'고 주장하시는 분들이 있다. 과연 문헌적 근거가 있는 주장일까?

  그 당시 《다경(茶經)》이나 《다록(茶錄)》, 《대관다론(大觀茶論)》, 노동(盧仝)의 〈칠완다가(七碗茶歌)〉 차시 등은 지식인들에게는 일종의 필독서에 속하였고, 시를 짓는 소재로도 널리 이용되었다. 따라서 독서를 열심히 한 다산의 경우 이런 기본 서적은 일찍이 탐독했다고 짐작해도 크게 틀리지 않을 것이다. 말하자면 음다에 관한 상식 정도는 충분히 꿰고 있었을 것이다. 그렇다면 제다는 어떨까?

  독서를 즐기고 그 내용의 정리를 생활화하셨던 분이 다산이다. 시흥(詩興)이 일면 일기 쓰듯 시를 쓰기도 하셨다. 이런 다산 선생의 글들 가운데 차와 관련된 부분을 시대별로 나누어 검토함으로써 다산의 제다법에 대한 이해에 대해 알아보기로 하자. 이를 통해 다산이 초의에게 제다법을 가르쳤다는 주장이 얼마나 앞뒤가 맞지 않는 주장인지 확인할 수 있다.

강진 유배 전(1762~1801)

다산 선생의 글 중에서 처음 차에 대한 언급이 나오는 것은 아버지를 따라 전남 화순 동림사에 내려와 공부할 때 연담유일(蓮潭有一) 스님을 만나 차를 마시고 그 소회를 적은 글이다. 이 인연이 훗날 연담유일의 제자인 아암 혜장 스님과 다산의 인연으로 이어진다.

이어서 나타나는 〈미천가(尾泉歌)〉와 같은 시에서는 품천(品泉)을 이야기하기도 하고, 〈춘일체천잡시(春日棣泉雜詩)〉에서는 지금의 차나무 잎으로 만든 것인지는 알 수 없지만 '신다(新茶)'를 얻어 체천의 맑은 물에 끓여 먹기도 했다는 내용이 보인다. 다산이 21세 되던 임인년(1782) 봄에 지은 〈춘일체천잡시〉의 앞쪽에 이런 내용이 있다.

백아곡의 새 차가 새잎을 막 펼치니	鴉谷新茶始展旗
마을 사람 내게 주어 한 포 겨우 얻었네	一包纔得里人貽
체천의 물은 맑기가 어떠한가	棣泉水品清何似
은병에 길어다가 조금 시험해본다네	閒就銀瓶小試之

백아곡(白鴉谷)은 경기도 광주(지금의 하남) 검단산(黔丹山) 북쪽으로, 시에는 '이곳에서 작설차가 난다.'는 원주가 달려 있다. 상식적으로 믿기 어려운 진

술이고, 이 차가 어떤 차인지 정체를 알기 어렵다. 체천은 당시 다산이 살던 남대문 근처 창동의 지명이다.

이처럼 다산은 유배 이전에도 차를 마신 것이 확실하지만, 스스로 차를 만들었다는 기록은 찾을 수 없다.

강진 유배 초와 고성사 시절(1801~1806)

강진에 유배된 다산은 거처할 곳이 없어 동문 밖 주막에 거처를 정한다. 훗날 사의재(四宜齋)로 불리게 되는 곳이다. 이 시기에 다산은 권력의 중심에서 물러난 남인이었고, 더구나 천주교도로 몰려 매년 몇 차례씩 다시 죄를 추궁해야 한다는 상소가 조정에 빗발치는 와중이었다. 황상을 제자로 받아들이기는 하지만 학문을 연구하거나 차를 차분하게 마실 마음의 여유조차 없던 시기다.

이 시기 마지막쯤, 아들 학연과 백련사에 다녀오고 거기서 아암혜장 스님을 만난다. 아암은 다산이 어린 시절 인연을 맺은 연담유일의 제자다. 그 인연이 이어진 것이고, 다산의 처지를 딱하게 여긴 아암은 강진읍 근처 고성사에 다산의 새 거처를 마련해준다. 다산이 강진 유배 후 그나마 차분한 차생활을 즐길 수 있었던 것은 이 시기부터라고 볼 수 있다.

이 무렵 유배 후 처음으로 다산은 아암혜장 스님께 차를 좀 보내달라는 '걸명'의 편지를 쓴다. 그리고 이 〈혜장 상인에게 보내 차를 빌다[寄贈惠藏上人乞茗]〉에서 다산은 처음 차를 말리는 법과 우려서 마시는 방법에 대해 다음과 같이 언급하고 있다.

| 불에 쪼이고 햇빛에 말리기를 법대로 해야만 | 焙晒須如法 |
| 물에 담갔을 때 찻물 빛이 해맑다네. | 浸漬色方瀅 |

이 부분을 근거로 일부 연구자들은 다산 선생이 아암혜장 스님께 차 만드는 법을 지도했다고 주장하기도 한다. 하지만 이 시기까지 다산이 제다법에 대해 일가를 이루었다는 내용은 찾아볼 수 없다. 모든 것을 면밀히 기록하는 선생의 학자적 성격을 고려할 때, 다산이 이미 제다법에 일가를 이루

었다면 그 배움의 과정이나 정도가 기록으로 남아 있어야 정상일 텐데 그렇지 않은 것이다. 그럼 무엇을 근거로 다산은 불에 쪼이고 햇빛에 말리기를 법대로 해야 한다.'는 말을 꺼낸 것일까? 한마디로 지식인다운 일종의 허세일 수 있다. 첫머리에 언급한 것처럼 다산도 당시 유행하던 차 관련 서적들은 이미 탐독했을 것이고, '이론적으로는' 제다법에 대해서도 한두 마디 언급할 실력은 되었던 것이다. 하지만 누누이 강조한 것처럼 이 시기까지 다산이 직접 제다를 했다는 기록은 보이지 않는다. 그런 독서인의 이론적 제다론이, 이미 실제로 매년 차를 만들어 드시던 혜장 스님에게 제다의 지침이나 구체적인 가르침으로써 얼마나 영향을 미칠 수 있었을까? 필자로서는 퍽 회의적일 수밖에 없다. 이는 마치 살림 잘하는 며느리에게 시어머니가 "밥을 할 때는 뜸을 잘 들여야 한다."고 말하는 것이나 진배없다는 것이 필자의 소견이다. 혜장 스님에게 차를 구걸하는 겸연쩍음을 조금은 눙치기 위한 꼿꼿한 선비의 잔소리 정도로 볼 수도 있겠다. 이런 정황은 다산의 편지에 대한 혜장 스님의 답신을 통해서도 확인해볼 수 있다. 《견월록》에 실린 혜장 스님의 답이 이랬다.

늦물차가 이미 쇠지는 않았는지 두렵습니다. 그러나 불에 쪼이고 햇빛에 말리기가 잘 되었으면 삼가 받들어 올리겠습니다.
晩茗恐已老蒼 但其焙曬如佳 謹茲奉獻也.

조선은 유교(儒敎) 국가로, 승려들은 한양의 사대문 안 출입이 금지될 정도로 천대를 받는 신분이었다. 서로 연배가 비슷하여 친구처럼 지내더라도, 다산 같은 대학자에게 혜장 스님이 차를 보내면서도 예의를 갖추고 겸손을

표하는 것은 너무나 당연한 것이었다. 그런데 일부 연구자들은 혜장 스님의 이런 표현을 '차 만드는 법을 잘 가르쳐주어서 고맙다.'는 감사의 인사로 이해하고 있다. 너무 심한 비약이 아닐 수 없다.

그 후에도 혜장과 다산 사이에는 차에 관한 글들이 오간다. 예컨대 이런 글이다.

> 혜장이 나를 위해 차를 만들어 놓았다가, 마침 그 문도 색성이 나에게 이미 준 것이 있다는 이유로 보내주지 않았으므로, 조금 원망하는 말을 하여 마저 주기를 요구했다.
>
> 藏旣爲余製茶 適其從賾性有贈 遂止不子 聊致怨詞以徵卒惠

또 〈색성(賾性)이 차를 보내온 것에 대해 사의를 표하다〉라는 글도 있다. 혜장과 그 제자인 색성으로부터 다산이 차를 얻어 마시고 있는 상황이 명백하다. 이때까지도 다산이 직접 차를 만들었다는 기록은 보이지 않는다. 그런데도 일부 학자들은 아암혜장은 물론 색성 스님 역시 다산에게 제다법을 배웠다는 식의 주장을 하니, 이는 전형적인 견강부회(牽强附會)가 아닐 수 없다. 분명히 강조하지만, 이 시기까지 다산은 차를 만들지 않았고 백련사의 혜장과 색성에게 차를 구걸하는 상황이었다. 반면에 혜장과 색성은 이미 절에서 그 한참 전부터 차를 만들고 있었다.

이정의 집과 다산초당 시기(1807~1818)

이 시기에도 조정에서는 다산을 다시 추국해야 한다는 상소가 계속 이어졌다. 그러나 초기보다는 횟수도 많이 줄고 조정의 상황도 바뀌어 가고 있었다. 그러기에 다산은 고성사에서 나와 강진읍에 있는 이정의 집에 머물다 1808년 만덕사 서쪽에 있는 처사 윤단의 산정(山亭)이 있는 지금의 다산초당으로 거처를 옮길 수 있었다.

이정의 집에 머물던 시기에 《주역사전》을 완성하는데, 거처와 일신이 어느 정도 안정을 되찾게 되면서 다시 저술 활동에 몰두할 수 있었던 것이다. 그리고 이 시기에 대둔사를 방문하여 원교 이광사의 글씨를 평하기도 하고, 북암으로 거처를 옮긴 혜장 스님을 직접 찾아가기도 한다.

이때 대둔사의 초의 스님이 다산을 처음 만나게 되는데, 출가한 지 10년째 되던 해였다. 초의는 1800년 14세에 나주 운흥사의 벽봉민성에게 출가하여 공부하다 완호(玩虎) 스님을 만나 큰 가르침을 받았다. 그리고 1804년 월출산에서 공부하던 중 크게 깨닫고 신갑사와 쌍봉사에서 수행하다가 기본적인 공부가 끝나자 대둔사로 들어가 스승인 완호 스님을 모시고 가사불사 등 대둔사의 여러 일을 하며 지내고 있었다.

초의가 다산을 만나기 전까지 생활하던 사찰들은 모두 자생 차가 많기로 유명한 곳들이었다. 운흥사와 불회사가 있는 나주의 덕룡산, 영암 월출산, 그리고 해남 두륜산 등은 《세종실록지리지》에도 차의 유명한 산지로 나와 있는 곳들이다. 따라서 공부를 어느 정도 마치고 대흥시에서 완호 스님을 모시고 일하던 시기에 초의는 이미 불가(佛家)의 차 만드는 법을 잘 알고 있었을 것으로 여겨진다.

그런데 대둔사에서 처음 만난 다산과 초의는 신분과 나이의 차이에도 불구하고 서로 퍽 마음이 잘 맞았던 것 같다. 두 사람 사이에 급속하게 사제의 정이 형성된 것이다. 초의 스님은 다산 선생께 〈탁옹 선생님께[奉呈籜翁先生]〉

라는 글을 지어 올리기도 하고, 경학과 한시에 대한 대화를 나누며 다산 선생의 지도를 받기도 하였다. 하지만 이 시절 두 사람 사이에 주고받은 많은 글에서도 제다법 관련 이야기는 찾을 수 없다.

물론 다산 혼자서 차 제법에 관해 조금씩 언급한 내용은 여기저기 보인다. 하지만 이런 단편적인 언급들을 보고 초의가 제다법을 배웠을 것이라고 짐작하기는 매우 어렵다. 역으로, 다산이 사랑하는 제자 초의가 만든 차를 평가하거나 개선점에 관해 언급한 사례도 찾아볼 수 없다. 자신과 관련된 모든 것을 기록으로 남기던 실학자 다산의 풍모와는 도무지 어울리지 않는다. 다산이 이렇게 관련 기록을 남기지 않은 것은 초의에게 제다법을 가르친 적이 없었기 때문이라고 판단할 수밖에 없다.

다산이 누구인가. 조선 최고의 천재이자 실학자이며 만물박사였다. 유학의 기본 경전들은 물론 그 어렵다는 《주역》에서도 역사상 최고의 수준에 도달했고 의학에도 조예가 깊었다. 다산은 또 가장 많은 저술과 기록들을 남긴 기록(記錄)의 왕이었다. 두 아들에게 가르치기를, 농사를 짓더라도 체계적으로 하여야 하고, 닭을 기르더라도 《계경(鷄經)》을 지을 정도로 이론에 충실해야 한다고 강조했다. 그러면서 육우의 《다경》을 그 예로 들었다. 만약 다산이 초의를 비롯한 승려들에게 제다법에 관해 구체적으로 가르칠 정도로 공부를 했더라면, 이와 관련된 기록이 반드시 남았을 것이다. 하지만 다산은 마음이 좀 안정되었던 다산초당 시절에도 《다경》이나 《동다송》 같은 차 관련 전문서, 특히 제다 관련 저서는 일절 쓰지 않았다. 물론 차에 관한 관심보다는 나랏일 걱정이 더 컸기 때문일 수는 있겠다. 하지만 다산의 제다 관련 기록은 적어도 너무나 적다.

필자는 지금 다산이 차에 관해 문외한이었다는 말을 하는 것이 아니다.

복원한 다산초당과 마당의 다조

어린 시절에도 차를 마신 적이 있고, 강진 유배 후에는 아암혜장을 만나면서 본격적인 차 생활을 시작하였던 것으로 보인다. 차에 관해 책도 읽고 음다를 즐기되 동시대의 다른 유학자들보다 더 깊은 경지에 들었던 것도 명백한 사실이다. 다산초당으로 거처를 옮긴 뒤 뜰에 다조(茶竈)를 만들 정도로 차에 심취했으며, 〈다산에 피는 꽃을 읊다[茶山花史二十首]〉에서는 초당이 있는 다산에 수만 그루의 차나무가 있다고 읊기도 하였다. 또 정약전 형님의 장례식을 잘 돌봐준 문순득에게 떡 차를 선물하기도 하였다.

그렇게 차를 즐기던 다산이 제다법을 구체적으로 언급하기 시작한 것은 유배 말기로, 고향으로 돌아가기 전 제자들과 맺은 〈다신계절목〉에서 다산과 그 제자들이 잎차 및 떡차를 만들었던 것을 알 수 있다. 그의 유배 말엽이던 1817년에 《경세유표》가 완성되는데, 이는 조선의 모든 부문을 개혁해야 한다는 주장을 담은 책이다. 그리고 이 책의 〈지관호조(地官戶曹)〉 부분에 중국의 차 전매제도를 설명한 〈각다고〉가 포함되어 있다. 이 〈각다고〉에는 산차, 가루차, 떡차 등 중국에서 생산되는 다양한 종류의 차들이 언급되어 있는데, 이 다양한 차들의 제조법보다는 차를 활용한 경제적인 이익에 초점이 맞추어져 있다.

이처럼 유배 시절 다산이 남긴 다양한 기록에도 불구하고 제다법과 관련된 상세한 기록은 찾아볼 수 없다. 더욱이 초의 스님 등에게 제다법을 가르쳤다는 명백하고 구체적인 기록은 더더욱 찾아볼 수 없다. 사소한 얘기여서 기록하지 않은 것이 아니라 그런 사실이 없었기 때문에 기록할 수가 없었던 것이라고 이해하는 것이 상식적일 것이다.

여유당 시절(1819~1836)

오늘날 많은 이들은 다산이 강진 유배 시절에 구증구포(九蒸九曝)와 삼증삼쇄(三蒸三曬)의 제다법을 승려들에게 가르치고, 보림사의 보림백모(寶林白茅) 만드는 법을 지도했다고 생각하고 있다. 하지만 이는 강진 유배 시기가 아니라 유배가 끝나고 한참 뒤의 시기에 등장하는 이야기들일 뿐이다. 다산은 강진 시절에 구증구포나 삼증삼쇄, 보림백모 제다법을 말한 적이 없다.

먼저 구증구포(九蒸九曝) 이야기가 나오면 반드시 언급되는 다산의 시를 찾아보자. 구증구포에 대한 다산의 최초 언급은 〈범석호의 병오서회(丙午書懷) 10수를 차운하여 송옹(淞翁 尹永僖)에게 부치다[次韻范石湖丙午書懷十首簡寄淞翁]〉라는 시의 둘째 수에 등장하며, 이 시는 《다산시문집(茶山詩文集)》 제6권 〈송파수작(松坡酬酢)〉에 실려 있다.

보슬비 뜨락 이끼에 내려 초록 옷에 넘치기에	小雨庭莎漲綠衣
느지막이 밥 하라고 몸 약한 여종에게 얘기했지.	任敎屛婢日高炊
게을러져 책을 덮고 아이 자주 부르고	懶抛書冊呼兒數
병들어 의관 물리고 손님맞이 드물다네.	病却巾衫引客遲
다경은 복잡하니 차는 구증구포 하고	洩過茶經九蒸曝
번다함을 싫어해 닭은 한 쌍만 기른다네.	厭煩雞畜一雄雌
시골의 잡담이야 자질구레한 것 많아	田園雜話多卑瑣
당시(唐詩) 접차 물려두고 송시(宋詩)를 배우노라.	漸閣唐詩學宋詩

여기서 다산은 《다경》의 차 만드는 법이 복잡하니 구증구포(九蒸九曝)만 한다고 하였다. 그런데 정작 《다경》에는 구증구포라는 단어가 없다. 다산이 말한 구증구포란 한의학의 약초 수치법에 등장하는 단어인 것이다. 다산은 《마과회통》과 같은 의서를 쓰기도 하고 의학에 조예가 깊은 분이었다. 따라서 그 당시 약초 수치의 관행대로 구증구포를 시에 인용한 것이지, 차의 구체적인 제법으로 말했다고 보기는 어렵다. 그리고 이 글은 강진 유배 시절이 아니라 1828년, 즉 해배 후 10년이나 지나서 쓴 글이다. 차나무도 없는 남양주에서 구증구포로 차를 만들며 쓴 시가 아니라, 차 마시던 중에 소재

로 제다법 이야기를 꺼낸 것에 불과함을 짐작할 수 있다.

그런데 '洩過茶經九蒸曝(설과다경구증폭)'이라는 이 한 구절이 이유원에 의해 그 뜻이 부풀려지고 이로부터 후대의 인용 오류가 발생하게 되었다.

이유원과 다산 제다법의 신화화

다산을 제다의 선구자, 혹은 사찰 제다법의 선각으로 추켜세운 사람은 조선 후기의 또 다른 차인 귤산(橘山) 이유원(李裕元, 1814~1888)이다. 그에 의해 다산 생전에는 들을 수 없던 이야기들이 나오고 이후 오류의 반복이 이어지게 된다.

다산이 보림사 승려들에게 구증구포의 방법을 가르쳤다는 내용은 이유원의 《임하필기(林下筆記)》 가운데 〈호남사종(湖南四種)〉에 등장한다. 참고로 이 책은 1871년, 그러니까 다산 사후 35년이 흐른 뒤에 나온 것이다.

> 강진 보림사의 죽전차는 열수 정약용이 얻었다. 절의 승려들에게 구증구포의 방법으로 가르쳐 주었다. 그 품질이 보이차에 밑돌지 않는다. 곡우 전에 딴 것을 더욱 귀하게 치니, 이를 일러 우전차라 해도 괜찮다.
>
> 康津寶林寺竹田茶, 丁洌水若鏞得之. 敎寺僧以九蒸九曝之法. 其品不下普洱茶. 而穀雨前所採尤貴. 謂之以雨前茶可也.

이유원은 도대체 어디서 이런 정보를 얻었을까. 그가 잠깐 전라도 관찰사를 지내던 시절, 보림사 시찰에 나섰다가 이런 정보를 얻었을 것으로 우선 추측할 수 있다. 하지만 그가 전라도 관찰사를 지낸 시기는 다산 사후 20년

도 더 지난 때이고, 관찰사 재직 당시의 행적에서도 보림사 관련 행적은 찾기 어렵다는 문제가 있다. 이유원의 행장에서 이 무렵의 행적을 살펴보자.

그가 대과에 급제한 것은 1841년이다. 이후 1845년 동지사로 청나라에 다녀왔고, 의주부윤과 이조참의를 거쳐 1851년(철종 2년) 전라도 관찰사가 된다. 그런데 이때부터 직책이 자주 변하여 불과 1년 사이에 성균관 대사성을 거쳐 1852년 2월에는 승정원 좌승지가 된다. 이런 직책의 급변은 그 시절 능력을 인정받은 관료들에게는 다반사로 일어나는 현상이긴 하지만, 이유원의 경우 직책의 급변이 특히 두드러진다. 따라서 그가 실제로 전라도 관찰사 직을 수행한 것은 매우 짧은 기간에 한정되는데, 이 짧은 기간에 전주에서 수백 리 떨어진 장흥의 보림사에 다녀올 수 있었겠느냐는 의문을 지우기 어렵다. 행장에 관련 기록이 없으니 우선 알 수 없다고만 해두자.

그런데 이유원이 전하는 정보에는 어딘가 아귀가 맞지 않는 부분이 있다. 우선 다산 선생의 행장을 살펴보면 강진 유배 시 보림사에 갔다는 기록이 없다. 조선 최고의 기록 전문가인 다산은 어디를 가든 그곳에 대한 기록을 반드시 남기던 분이다. 그런데 구산선문 중 하나인 가지산 보림사에 갔던 일을, 게다가 승려들에게 구체적인 제다법까지 가르친 일을 적어두지 않았다는 것이다. 도무지 앞뒤가 맞지 않는 정황이고 납득하기 어려운 부분이다.

더욱 이상한 점은, 이유원의 행장에서도 그가 보림사에 갔었다는 흔적을 찾을 수 없다는 점이다. 이유원은 대체 어디의 누구에게서 다산이 보림사 승려들에게 구증구포로 만드는 보림백모(寶林白茅) 제다법을 가르쳤다는 정보를 얻은 것일까. 이유원은 물론 허언이나 일삼는 가벼운 지식인이라고 볼 수 없는 인물이다. 그가 남긴 방대하고 깊이 있는 기록들이 이를 웅변해준다. 하지만 다산의 구증구포 제다법 전승 이야기는 그 출처가 명확하지 않

장흥 보림사. 강진에 있는 사찰이 아니라 장흥에 있다.

은 것도 사실이다. 그리고 이것이 오늘날 빚어지는 혼선의 가장 큰 시발점이 되었다. 이유원의 진술이 신빙성을 갖기 위해서는 명백히 그 출전이 밝혀져야만 한다. 하지만 분명한 사실 하나는, 다산의 보림백모 지도 이야기가 다산 본인의 진술은 아니라는 점이다. 그리고 이런 중요한 일을 스스로 기록하지 않은 이유는, 그런 일이 없었기 때문이라고 생각할 수밖에 없다는 것이 필자의 결론이다.

한편, 이유원은 어느 날 자하(紫霞) 신위(申緯, 1769~1845)를 방문하여 초의스님이 만든 '보림백모(寶林白茅)'를 얻어 마신다. 차 맛이 아주 좋아 그 연원을 물어보니 초의스님이 만들어 온 보림백모라고 하였다는 것이다. 초의스님의 보림백모 이야기는 신위가 1831년에 쓴 시의 제목에도 등장하는데, 그 내용은 다음과 같다.

> 초의선사가 내가 금령에게 준 시(詩)를 차운해서 시를 지었는데 매우 좋았다. 그래서 원운(原韻)을 다시 읊은 것이다. 이 때에 초의선사는 스승 완호(玩虎) 대사를 위해 삼여탑(三如塔)을 세우면서 명시(銘詩)를 해거도인 홍현주(洪顯周)에게 짓게 하고 나에게 서문을 부탁하였다. 그러면서 차 네 덩어리를 보내왔는데 그가 손수 따서 만든 보림백모(寶林白茅)였다. 이 시 가운데 이 일을 언급했다.
> 草衣禪師次余贈錦舲詩韻甚佳 故更用原韻賦示 時草衣爲其師玩虎大師建三如塔 乞銘詩於海居都尉乞序文於余 而遺以四茶餅 卽其手製 所謂寶林白茅也 詩中幷及之.

이에 따르면 자하 신위가 초의스님에게 차를 얻은 시기는 1831년이다. 신위는 시 제목에서 그 경위를 자세히 설명해 두었다. 그리고 그 차 이름을 '보림백모(寶林白茅)'라고 하였다. 이때 이유원의 나이는 18세, 아직 소과에 합격하기도 전이다.

초의스님은 다산에게 경학과 시문을 교육받고 1815년부터 한양 지식인들과도 교류를 시작하였다. '보림백모(寶林白茅)'가 등장하는 신위의 시가 나오던 1831년 무렵은 초의스님이 만든 차가 경화사족들 사이에 유명해져서 이미 구하기 힘든 최고의 차가 되어 있었다. 이유원에 따르면 자기도 이 '보림백모'를 신위의 집에서 마셔본 후 극찬을 하고, 그것을 구하기 위해 백방으로 노력했다고 한다. 그러면서 갑자기 보림사와 다산의 구증구포 제다법 이야기를 꺼낸다. 하지만 그보다 먼저인 1830년에 다산은 이미 강진의 제자이시헌에게 '삼증삼쇄'로 차를 만들라고 말하고 있다. 다산이 인정한 삼증삼쇄의 제다법이 이미 나와 있는데 이유원은 왜 그것과는 달리 '구증구포' 이야기를 반복하고 있을까? 이는 이유원에게 실제 제다법에 대한 정보가 부족했음을 말해준다. 그 역시 차를 직접 만들어본 적이 없는 것이다.

이 상황의 전후를 살펴보면, 이유원은 단편적인 정보를 가지고 '구증구포'를 제다법의 금과옥조인 양 말하고 있음을 알 수 있다. 부족한 정보에 의한 그릇된 예단을 바탕으로 구증구포와 보림백모, 보림사 차 제법과 연관이 없는 다산을 엮어 《임하필기》에 엉뚱한 기록을 남겼다는 얘기다. 왜 이런 납득할 수 없는 결과가 나왔는지는 후대에 《임하필기》와 《가오고략》에 대한 연구가 더 깊이 진행되어야 알 수 있을 것이다. 현재로서는 이유원의 정보가 그 출처에 있어 몹시 불분명하고, 정황이나 내용상 신뢰하기 어렵다는 것이다.

한편, 이유원은 그의 문집 《가오고략(嘉梧藁略)》에 실린 〈죽로차(竹露茶)〉란 장시에서도 다산의 구증구포 제다법을 반복적으로 언급하고 있다. 또 차의 법제 과정과 그 차의 맛까지 자세히 적고 있다. 하지만 이 책 역시 다산 사후 35년이나 지나서 나온 것으로, 다산 본인의 확인이나 인증을 거친 내용을 담은 것은 아니다. 시에 담긴 감정의 농도로 볼 때 이유원 본인은 자신이 가진 정보를 확신하고 있는 것이 분명하지만, 제3자의 입장에서는 여전히 믿기 어려운 주장들이 포함되어 있는 것으로 여겨진다. 그 내용은 다음과 같다.

보림사는 강진 고을 자리 잡고 있으니	普林寺在康津縣
호남 속한 고을이라 싸릿대가 공물일세.	縣屬湖南貢楛箭
절 옆에는 밭이 있고 밭에는 대가 있어	寺傍有田田有竹
대숲 사이 차가 자라 이슬에 젖는다오.	竹間生草露華濺
세상 사람 안목 없어 심드렁이 보는지라	世人眼眵尋常視
해마다 봄이 오면 제멋대로 우거지네.	年年春到任蒨蒨
어쩌다 온 해박한 정열수 선생께서	何來博物丁洌水
절 중에게 가르쳐서 바늘 싹을 골랐다네.	敎他寺僧芽針選
천 가닥 가지마다 머리카락 엇짜인 듯	千莖種種交織髮
한 줌 쥐면 웅큼마다 가는 줄이 엉겼구나.	一掬團團縈細線
구증구포 옛 법 따라 안배하여 법제하니	蒸九曝九按古法
구리 시루 대소쿠리 번갈아서 방아 찧네.	銅甁竹篩替相碾
천축국 부처님은 아홉 번 정히 몸 씻었고	天竺佛尊肉九淨
천태산 마고선녀 아홉 번 단약을 단련했지.	天台仙姑丹九煉
대오리 소쿠리에 종이 표지 붙이니	筐之筥之籤紙貼
'우전'이란 표제에다 품질조차 으뜸일세.	雨前標題殊品擅

장군의 창 세운 문, 왕손의 집안에서	將軍戟門王孫家
기이한 향 어지러이 잔치 자리 엉긴 듯해.	異香繽紛凝寢讌
뉘 말했나 정옹(丁翁)이 골수를 씻어냄을	誰說丁翁洗其髓
산사에서 죽로차를 바치는 것 다만 보네.	但見竹露山寺薦
호남 땅 귀한 보물 네 종류를 일컫나니	湖南希寶稱四種
완당 노인 감식안은 당세에 으뜸일세.	阮聱識鑑當世彦
해남 생달, 제주 수선, 빈랑잎 황차러니	海樝耽蒜檳棚葉
더불어 서로 겨뤄 귀천을 못 가르리.	與之相埒無貴賤
초의 스님 가져와서 선물로 드리니	草衣上人齎以送
산방에서 봉한 편지 양연 댁에 놓였었지.	山房緘字尊養硯
내 일찍이 어려서 어른들을 좇을 적에	我曾眇少從老長
은혜로이 한 잔 마셔 마음이 애틋했네.	波分一椀意眷眷
훗날 전주 놀러 가서 구해도 얻지 못해	後遊完山求不得
여러 해를 임하에서 남은 미련 있었다네.	幾載林下留餘戀
고경 스님 홀연히 차 한 봉지 던져주니	鏡釋忽投一包裹
둥글지만 엿 아니요, 떡인데도 밁지 않네.	圓非蔗餹餅非茜
끈에다 이를 꿰어 꾸러미로 포개니	貫之以索疊而疊
주렁주렁 달린 것이 일백열 조각일세.	纍纍薄薄百十片
두건 벗고 소매 걷어 서둘러 함을 열자	岸幘褰袖快開函
상 앞에 흩어진 것 예전 본 그것일세.	床前散落曾所眄
돌솥에 끓이려고 새로 물을 길어오고	石鼎撑煮新汲水
더벅머리 아이 시켜 불 부채를 재촉했지.	立命童豎促火扇
백번 천번 끓고 나자 해안이 솟구치고	百沸千沸蟹眼湧

한 점 두 점 작설이 풀어져 보이누나.	一點二點雀舌揀
막힌 가슴 뻥 뚫리고 잇뿌리가 달콤하니	胸膈清爽齒根甘
마음 아는 벗님네가 많지 않음 안타깝다.	知心友人恨不遍
황산곡은 차시 지어 동파 노인 전송하니	山谷詩送坡老歸
보림사 한잔 차로 전별했단 말 못 들었네.	未聞普茶一盞餞
육우의 《다경》은 도공이 팔았으나	鴻漸經爲瓷人沽
보림사 차를 넣어 시 지었단 말 못 들었네.	未聞普茶參入撰
심양 시장 보이차는 그 값이 가장 비싸	瀋肆普茶價最高
한 봉지에 비단 한 필 맞바꿔야 산다 하지.	一封換取一疋絹
계주 북쪽 낙장과 기름진 어즙은	薊北酪漿魚汁腴
차를 일러 종을 삼고 함께 차려 권한다네.	呼茗爲奴俱供膳
가장 좋긴 우리나라 전라도의 보림사니	最是海左普林寺
운각에 유면이 모여듦 걱정 없네.	雲脚不憂聚乳面
번열과 기름기 없애 세상에 꼭 필요하니	除煩去膩世固不可無
보림차면 충분하여 보이차가 안 부럽다.	我産自足彼不羨

이유원은 조선 말 영의정을 지낸 대단한 학자이다. 그러나 〈호남사종(湖南四種)〉과 〈죽로차(竹露茶)〉란 장시에 나오는 다산의 제다법 관련 이야기를 모두 사실로 인정하기는 어렵다. 이것이 정설로 인정되기 위해서는 다음과 같은 근거들이 있어야 한다.

첫째, 다산이 강진 유배 시 보림사를 방문하여 차 만드는 법을 지도하였다는 기록.

둘째, 다산의 유배 당시 기록 가운데 차 만드는 법으로 구증구포(九蒸九曝)

를 언급한 글.

셋째, 이유원이 전라도 관찰사 시절 보림사를 방문했다는 기록.

넷째, 강진(康津) 보림사(普林寺)와 장흥(長興) 보림사(寶林寺)가 같은 곳을 말하는지, 아니면 다른 곳인지에 대한 규명.

다섯째, 다산이 이미 삼증삼쇄를 말하고 있는데 수십 년이 흐른 뒤에도 구증구포 이야기를 하는 이유원의 이론적 배경이 무엇인지에 대한 규명.

앞으로 이런 기록이 발견되거나 학문적 규명이 없다면 다산의 보림백모 (寶林白茅) 구증구포(九蒸九曝) 제다법 이야기는 그 근거를 갖기 어려울 것이다.

참고로, 삼증삼쇄(三蒸三曬)에 대해서도 조금 더 살펴보자. 다산은 고향으로 돌아간 후에도 강진에 '다신계'를 두고 제자들과 서신을 주고받는다. 그런 서신들의 내용 가운데 강진 백운동의 이시헌에게 차를 만들 때 삼증삼쇄를 해서 만들라고 권하는 내용이 들어 있다.

《조선의 차와 선》을 쓴 일본인 모로오카 다모쓰(諸岡 存, 1879~1946)와 이에이리 가즈오(家入一雄, 1900~1982)가 1938년 전남 나주군 다도면 불회사와 장흥 보림사 등을 직접 답사하여 조사한 결과 역시 차를 서너 번 쪄서 만든다고 하여 삼증삼쇄(三蒸三曬)가 호남지방 떡차의 일반적인 제다법으로 자리하고 있었음을 알 수 있다. 다산도 여러 가지 방법으로 만든 차들을 마셔 본 뒤에 삼증삼쇄(三蒸三曬)라는 결론을 내렸을 것으로 여겨진다. 말하자면 구증구포 는 단순한 시어로서의 의미만 가지지만, 삼증삼쇄는 실제로 다산이 채택한 제다법으로 이해할 수 있는 것이다.

반면에 이유원의 보림백모나 구증구포 이야기는 그 근거가 몹시 취약한 본인만의 이야기일 뿐이다.

두벌 덖음 후 꺼내기

6.
초의스님은 무슨 차를 만들었을까?

- 오종차(五種茶)를 찾아서

차를 만드는 일은 아득한 옛날이나 지금이나 어렵고 힘든 일이다. 그것은 맨 먼저 찻잎을 얻는 일로 시작되는데, 찻잎이 유난히 신비스럽거나 까탈스러워서 힘든 것이 아니라 생물이기 때문이다. 산천의 풀이나 약초, 나뭇잎 가운데 식물(생물) 아닌 것이 없고, 더구나 늘 일상에서 채취해 섭취하는 다양한 채소며 과일들 역시 천차만별이지만 모두 식물이다. 이러한 수백 수천의 식물들은 첫째로 신선(싱싱)해야 한다. 그렇지 않으면 발효(산화), 다시 말해 시들어버리기 때문이다. 특히 과일이나 채소는 신선을 으뜸으로 한다. 물론 발효차나 청차, 흑차(보이차) 등은 일부러 찻잎을 위조하기(시들리기) 때문에 별개로 하지만, 녹차는 잎이 산화(발효)되면 일단 녹차라 할 수 없다(세계 품평기준에서는 산화도 10% 미만까지를 녹차 기준으로 설정하고 있다).

여기서 이렇게 세세하게 얘기하는 것은 다름 아닌 찻잎을 어떻게 얻는가

떡차를 보관 중인 항아리들

하는 것이 차를 만드는 첫 번째 과정이기 때문이다. 초의스님의 《다신전》과 《동다송》은 물론이요 많은 중국 다서들의 제다장(製茶章)에서는 채다(採茶)에 관해 번거로울 정도로 길게 얘기하고 있다. 예컨대 그날의 날씨 상태를 잘 살펴야 하는데, 특히 습기는 금물이다.

이렇게 날씨와 시간을 가려 찻잎을 얻었다면 본격적으로 제다를 시작하는데, 그 첫 번째 과정이 살청(殺靑)이다. 이는 찻잎의 엽록소 산화를 막기 위해 하는 일이다. 노구솥이나 무쇠솥 등에 불을 넣어서 덖는 과정이 곧 살청이다. 그런데 근래에 들어 이 과정에 대해서도 황당무계한 얘기들이 회자되고 있다. 살청 시 솥의 온도가 600~700도는 되어야 한다는 얘기가 그런 것이다. 제다 이론으로는 국내 최고라는 차 선생님들 가운데 여러 사람이 한때 이런 주장을 했었다. 그런데 온도가 600도 넘으면 도자기 초벌구이 수준이다. 흙도 익는데 여린 찻잎이 타서 남아나겠는가. 찻잎을 달구어진 솥에 덖는 일은 찻잎의 수분을 증발(제거)시키고자 함이 목적이다. 그렇지 않으면 발효가 되어 녹차가 아니고 다른 차가 나온다.

한편, 찻잎을 얻는(채취하는) 일도 옛날과 지금은 엄청난 차이가 있다. 옛날에는 스님들이 거처하는 암자나 인근 산천의 고옥(古屋) 주위에서 찻잎을 따 직접 차를 만들었다. 찻잎이 소량이고 만들어지는 차도 많을 수가 없었다. 소량이니 대부분 오전에 찻잎을 따고 오후에 차를 만들었다. 하지만 지금은 수천수만 평 다원을 조성하고 많은 인부를 동원해 차를 따고 만드는 현실이다. 이런 현실에서 수제로 초청 녹차를 만든다는 것은 정말로 대단한 일이 아닐 수 없다. 극히 일부분, 예컨대 차 품평 대회에 출품하기 위해 소량만 만들면 모를까, 대부분은 중국산 굴림통에 넣어 살청을 하고 유념기와 건조기를 이용하는 것이 보통이다. 그리고는 마지막 배화(가향) 과정에서만 (그것도 극히 일부) 솥을 거치는 것이 오늘날 차(제다) 현실이다. 찻잎을 하루 종일 따 저녁에 만들기 때문에 찻잎, 특히 오전에 채취한 찻잎은 오후에 딴 것에 비해 많이 위조(시들리기) 되기 십상이다. 따라서 똑같은 녹차가 될 수는 없는 것이다.

초의스님의 차 만드는 얘기를 본격적으로 해보자. 스님께서는 과연 초청 녹차만 만들었을까? 스님은 《다신전》과 《동다송》 외에 구체적으로 차 만드는 얘기를 하신 적이 없다. 초의차가 그리 유명하였는데도 어디서 어떻게 만들었는지 문헌상 찾아보기 어렵다. 다만 법제자인 범해각안이 초의차에 대한 얘기를 언급한 자료만 보인다. 칠불사에 사실 때도, 쌍봉사 계실 때도, 운흥사며 불회사며 어느 사원에 주석하고 계실 때도 제다 얘기는 없다(옛날 기림사는 아예 차가 생산되지 않는 곳이었다). 칠불선원에서도 제자 수홍이 차도를 묻고, 선원 수좌들은 게을러서 차를 늦게 따 형편없이 만들고 있으며. 조주의 끽다거 가풍을 위해 《다신전》을 낸다는 언급은 있지만 세세한 제다법 이야기는 없다. 칠불선원 수좌들처럼 차를 만들면 안 된다는 가르침은 알겠으나, 그 대안으로서의 구체적 제다법이 나오지는 않는 것이다. 심지어 스님을 시봉한 일지암의 도범스님이나 선기스님한테도 일언반구 제다법에 대한 이야기는 없다.

초의스님의 차를 받고 〈남다병서〉를 쓴 박영보와 초의차를 애타게 찾던 홍현주, 권돈인, 신위, 윤치영, 신헌 등 수많은 선비 지성인들 역시 초의의 차만 탐했을 뿐 그 차를 어찌 만들었는지는 묻지도 않았다. 겨우 추사만이 약간의 언급을 했는데, 〈벽해타운〉의 간찰을 비롯하여 23편이나 편지를 보내는 중에 "장마철을 피해야 한다."거나 "어찌 장다(藏茶, 차의 간수)를 그리 형편없이 하냐"며 "연잎이나 죽순 껍질을 말려 겹겹이 싸고 항아리에 담아 그것도 불에 구운 연화문 기왓장을 눌러 공기가 새지 않게 하라."는 얘기만 구구절절 시시콜콜 전하고 있을 뿐, 차를 어떻게 만들었는지에 대해서는 언급이 없다. 워낙 초의의 차 만드는 솜씨가 뛰어나서인가 감동해서인가.

어찌 됐든 초의스님의 차는 그 당시 최고의 명품이었다. 그러면 그 명품차는 어떤 차였을까. 물론 초청 녹차였다. 그렇지만 초청차만이 전부는 아니었다. 필자의 경험을 예로 들어 설명해보자. 필자는 차 만드는 일로 50년 가까운 세월을 보냈는데, 차를 만들다 보면 같은 녹차에서도 여러 등급의 차를 만들게 된다. 소위 우전차라고 부르는 첫물차(4월 20~30일경)와 그보다도 앞서는 청명 전후(4월 5~10일경)의 차들은 1등급 차로 만들고, 이어서 두 번째(중작)와 세 번째(대작) 차를 만들게 된다. 그런데 앞서 찻잎 얻는 일의 어려움을 말한 대목에서 언급한 것처럼 찻잎 채취 후 시간이 오래되면 10% 넘게 산화가 일어난다. 심지어 날씨가 변덕스럽거나 몹시 더운 날, 혹은 음산한 우기에는 잎을 따서 몇 시간만 놔두어도 금방 뜨기(산화되기) 마련이다. 이렇게 이미 뜬 찻잎은 아무리 살청을 하고 유념 및 건조를 해도 결국 검붉은색의 발효차가 나오게 된다. 찻잎 뜨는 정도에 따라 형형색색의 차가 나오는 것이다. 오늘날의 개념으로 보자면 그것은 초청 녹차가 아니라 초청 발효차 혹은 청차에 가까운 차라 할 수 있다. 그렇다고 그 차를 모두 버릴 수는 없다. 찻잎 따기가 얼마나 힘들고 그 찻잎이 얼마나 아까운가. 한 톨이라도 소중한 찻잎이다.

이처럼 초청 녹차라고 다 같은 초청 녹차가 될 수 없는 것은 따놓은 찻잎이 시들어서도 그렇지만, 솥의 온도 역시 일정하게 맞추기가 몹시 어렵다. 너무 높으면 타고 조금만 온도가 내려가도 설익어 살청이 안 된다. 차 덖는 솥을 달구는 연료 또한 오늘날에는 가스나 전기를 쓰지만 옛날에는 당연히 나무 땔감밖에 없었으니 그 사정이 전혀 다르다. 초의스님은 이렇게 열악한 환경에서 소량의 차를 만들 수밖에 없었는데, 반면에 그의 차를 찾는 사람들은 너무도 많았다. 1등품 찻잎은 당연히 서울 장안의 벼슬아치 실력자들을 위한 선물용 차로 만들었을 것이다. 너도나도 초의차를 원하는 지인들이 한둘이 아니었으니 그 양을 맞추는 것도 쉽지 않았으리라. 그러니 절집 식구들이나 다른 스님들을 위한 차까지 모두 첫물에 딴 초청 녹차로 만들 수는 없고, 늦은 차는 발효하고 떡차도 만들고 해서 여러 종류의 차를 만들었다.

초의스님이 이렇게 다양한 차를 만들었으리라는 것은 필자의 단순한 추측이 아니다. 먼저, 초의의 차를 받고 〈남다병서(南茶幷序)〉라는 극찬의 시를 쓴 금령(錦舲) 박영보(朴永輔, 1808~1872)가 말하는 초의차를 살펴보자. 〈남다병서〉 가운데 초의차의 형태를 알 수 있게 해주는 일부분만 인용하면 이렇다.

> 남쪽에 나는 차는 영남과 호남 사이서 난다. 초의가 그곳에 사니 정약용 승지와 김정희 교각이 모두 문자로써 교유하였다. 경인(1830)년 겨울 한양에 예방하실 때 예물로 가져온 손수 만든 차 한 포를 이산중이 얻었다는데, 그 차가 여기저기를 거쳐 나에게까지 오게 되었다. (중략)
> 南茶湖嶺間産也 草衣禪師雲遊其地 茶山承旨及秋史閣學 皆得以文字交焉 庚寅冬來訪于京師 以手製茶一包爲贄 李山中得之 轉遺及我

봄에 딴 찻잎 대광주리 가득하네.

천상의 하늘에 뜬 달처럼 둥근 작은 용봉단차는

법제한 모양 비록 거칠어도 맛은 좋다네.

採春筐來綠 天上月小龍鳳 法樣雖味則然

(중략)

눈보라 치는 천 리 길 건너온 스님(초의)

두강 같이 만든 둥근 차 가져오셨네.

오랜 친구가 나에게 절반의 단차 보내니

그냥 둬도 선명한 광채, 자리에 찬란하다.

(후략)

雪飄袈裟度千里 頭綱美製玉團 故人贈我伴瓊玖 撒手的光走筵

박영보가 이산중에게 얻어서 마신 초의차는 둥근 용봉단차였다는 점이 거듭거듭 명확하게 표현되어 있다. 산차(散茶)가 아니라 병차(餅茶)인 것이다.

박영보의 스승인 자하(紫霞) 신위(申緯, 1769~1847) 역시 초의차가 떡차였다고 증언하고 있다. 그가 1831년 8월에 초의스님에게 보낸 두 번째 시의 제목 부분에 해당 내용이 나온다.

초의선사가 내가 금령에게 준 시(詩)를 차운해서 시를 지었는데 매우 좋았다. 그래서 원운(原韻)을 다시 읊은 것이다. 이때에 초의선사는 스승 완호(琓虎) 대사를 위해 삼여탑(三如塔)을 세우면서 명시(銘詩)를 해거도인 홍현주(洪顯周)에게 짓게 하고 나에게 서문을 부탁하였다. 그러면서 차

네 덩어리를 보내왔는데 그가 손수 따서 만든 보림백모(寶林白茅)였다. 이 시 가운데 이 일을 언급했다.

草衣禪師次余贈錦舲詩韻甚佳 故更用原韻賦示 時草衣爲其師琓虎大師建
三如塔 乞銘詩於海居都尉乞序文於余 而遺以四茶餅 卽其手製 所謂寶林
白茅也 詩中幷及之.

'차 네 덩어리[四茶餅]'라는 표현에서 자하가 받은 초의차가 떡차였다는 사실이 명확히 드러난다. 그러면 초의스님은 떡차만 만들었던가? 그건 아니다. 초의스님의 차가 매우 다양했음을 보여주는 또 다른 기록이 있으니, 조병현은 초의차를 '5종차(五種茶)'라고 말하고 있다. 병조판서와 홍문관대제학을 지낸 성재(成齋) 조병현(趙秉鉉, 1791~1849)은 초의스님(1786~1866)과 동시대의 인물로, 그의 문집 《성재집》에는 〈증초의상인(贈艸衣上人)〉이라는 시가 실려 있는데, 그 내용은 이러하다.[김성숙, 백련사의 차문화 연구, 동국대학교 불교대학원(차문화콘텐츠학과) 석사학위 논문, 2013에서 최초로 발굴 소개되었다.]

남방의 가객이 있으니	南方有嘉客
지기가 높이 나는 새와 같네	志氣見高翔
성문 밖에서 왕래를 하였지만	往來石門底
그 소리 요란하다네	厥聲放縱鏘
시사를 지둔(진대의 시승)처럼 맺고	詩社結支遁
도서를 자랑함은 주동상과 같아라	圖書詡董祥
이름이 날로 높아지는 것을 듣나니	名價日以聞
궤 속의 시는 감추지 못하고 저절로 드러났네	櫃中不秘光

귤동에서 옛꿈을 기록하자면	橘洞記前夢
나는 구강이 긴 것을 생각하겠네	我思九江長
오종차(五種茶)를 다시 기억하건데	回憶五種茶
위를 적셔주고 참으로 향기로웠네	澆胃正堪芳
가까이함을 멈추자니 어려움이 더 많으니	邇止尚多阻
시를 들고서 어디를 방황할거나	把詩可回徨
동산에서 의지하는 것이라곤 편지뿐	東山憑有信
나를 담소광이라고 불러주오.	我道談笑狂

여기 5종차에 대한 명백한 기록이 있거니와, 초의의 차를 한 종류로만 특정해서는 곤란하다. 다음에 소개하는 초의의 제자 범해각안의 〈초의차(艸衣茶)〉에서도 산차 형태의 초청 녹차와는 다른 차가 등장한다.

곡우절 맑은 날	穀雨初晴日
노란 싹은 아직 피지 않았네	黃芽葉未開
솥에서 덖어 내어	空精炒出世
밀실에서 잘 말렸다네	密室好乾來
모나거나 둥근 자 찍어내고	栢斗方圓印
죽순 껍질로 포장하여	竹皮苞裹裁
바깥바람 들지 않게 간수하니	嚴藏防外氣
찻잔에 향기 가득하네.	一椀滿香回

여기 나오는 '모나거나 둥글게 찍어낸' 차, '죽순 껍질로 포장한' 차는 맹백하게 떡차(餠茶)일 수밖에 없다.

이처럼 초의차는 한 종류가 아니고, 오늘날의 개념으로 녹차라거나 산차라거나 하는 식으로 특정할 수도 없다. 다만 초의차가 일품 명차였던 것만은 분명하다. 이렇게 명차를 만들 수 있었던 스님이 초의이니, 혹 다산도 초의에게 떡차 만드는 법을 배우지나 않았을지.

* 여기 제3부 제1장의 원고들은 모두 나웅인 저자가 책임 집필한 것이나, 이 '5종차' 원고만은 여연스님이 직접 작성하였다.

제3부

현대인을 위한 차 이야기

제2장

품천(品泉)

차를 달이거나 우려내는 데 있어 차의 품질도 중요하지만 그 물 또한 매우 중요하다. 따라서 차를 이야기할 때 이 둘을 체(體)와 용(用)으로 비유하여 설명하고 있다. 그리고 그 물을 어떻게 달이는가 하는 문제는 '탕품(湯品)'에 관한 부분이므로 품천과는 별개로 다루는 것이 보통이다.

사실 차를 우려내는 물의 문제는 과거와 지금의 상황이 판이하게 다르다. 따라서 일상의 차생활에 옛 문헌들의 이론을 적용하는 것은 좀 문제가 있다. 그러나 각 시대별 차를 우리는 물에 대한 의견들을 살펴보고 그것들을 거울삼아 최선의 물을 선택해 보기로 한다.

1.
중국 다서의
품천

《다경(茶經)》의 품천

　당나라 육우에 의해 저술된 차에 관한 책인 《다경》은 가장 오래된 다도 서적으로 알려져 있다. 육우는 젊어서부터 중국 각지의 차 생산지 32곳을 방문하고 평생 찻잎을 심고 거두고 덖고 마시는 방법에 대한 자료를 수집하고 연구한 후 서기 765년 《다경》을 완성하고 775년 증보하여 779년 간행했다. 《다경》에서는 〈오지자(五之煮)〉 편에서 차를 우려내는 물에 대해 언급하고 있다. 먼저 원문을 제시하고 한글로 풀어 해석한 후 오늘의 현실과 비교 설명하는 방식을 취하기로 한다.

　其水(기수) 用山水上(용산수상) 江水中(강수중) 井水下(정수하)
　"차를 달일 때 쓰는 물은 산에서 나는 물이 상품이고 강물은 중품, 샘물은

《다경》을 지은 육우의 상

하품이다."

이는 아직 환경오염이 되지 않았던 옛날 당나라 시대의 상황을 언급한 것이다. 또 중국의 샘물은 우리나라의 샘물처럼 깊은 땅속에서 용출되는 지하수가 아니고 우물 정(井) 모양으로 구획지어 땅을 약간 파서 고인 물을 말한다고 한다. 즉 우리나라의 샘과는 다른 것이다.

荈賦所謂(천부소위) 水則岷方之注(수칙민방지주) 挹彼清流(읍피청류)
"두육이 쓴《천부》에서 이르기를 '물은 민방(岷方)에서 흘러오는 맑은 물을 쓴다.'라고 하였다."

이는 곧 산에서 강을 향해 흘러오는 물이 좋다는 말이다.

其山水(기산수) 揀乳泉石池慢流者上(간유천석지만류자상) 其瀑湧湍漱(기폭용단수) 勿食之(물식지) 久食令人有頸疾(구식영인유경질)
"산에서 나는 물은 유천(乳泉)이나 석지(石池)에서 흐르는 것이 좋고 거칠게 솟고 급히 흐르는 물은 마시지 말아야 한다. 오래 마시면 사람에게 목병이 생긴다."

여기서 유천은 석회암지대에 종유석 사이를 흐르는 물이나 물에서 단맛이 나는 물을 일컫는다. 그러나 이것은 도교나 한의학에서 약효가 뛰어나고 하여 언급되는 것으로 보인다. 그런데 이런 물에는 석회성분이나 다른 미네랄 등이 많이 함유되어 차를 우리는 물로는 그렇게 바람직하지 않다고 할 수 있다. 육우는 또 급하게 흐르는 물은 불순물들이 충분히 침전되거나 여과되지 않아 차를 우려내기에 적합한 물이 아니라고 보았다.

> 又多別流於山谷者(우다별류어산곡자) 澄浸不洩(징침불설) 自火天至霜郊以前(자화천지상교이전) 或潛龍蓄毒於其間(혹잠용축독어기간) 飮者可決之(음자가결지) 以流其惡(이류기악) 使新泉涓涓然(사신천연연연) 酌之(작지)
> "또 산에서 흐르는 물이라고 할지라도 본 물줄기가 아닌 지류의 경우 보기에는 물이 맑더라도 물이 지속적으로 흐르지 않으므로 더운 7월부터 9월까지는 물속에 나쁜 성분이 들어 있을 수 있다. 불가피하게 이 물을 사용할 경우에는 기존에 있는 물을 흘려보내고 새로 고인 물을 사용하는 것이 좋다."

> 其江水取去人遠者(기강수취거인원자) 井水取汲多者(정수취급다자)
> "강물을 사용할 때는 사람들이 사는 곳에서 멀리 떨어진 곳의 물을 사용하고 샘물의 경우 많은 사람들이 떠가서 새로 솟은 물이 좋다."

이상이 《다경》에 언급된 차를 우려내는 물에 관한 부분이다. 《다경》에서는 오염되지 않은 산속에서 잘 여과되고 침전된 물이 가장 좋은 물이라고 보고 있음을 알 수 있다.

《대관다론(大觀茶論)》의 품천

중국 송나라 휘종이 저술한 《대관다론》에서는 〈수(水)〉 편에서 '품천(品泉)'을 설명하고 있다.

> 水以淸輕甘潔爲美(수이청경감결위미) 輕甘乃水之自然(경감내수지자연) 獨爲難得(독위난득)
> "물은 맑고 가볍고 달며 깨끗해야 좋다. 가볍고 단 것이 물의 자연스러운 것인데 다만 얻기가 어렵다."

이 책에서는 《다경》과 달리 시대가 지남에 따라 현실적으로 차와 잘 어울리는 물이 무엇인가를 설명하기 시작했음을 볼 수 있다.

> 古人品水(고인품수) 雖曰中泠惠山爲上(수왈중령혜산위상) 然人相去之遠近(연인상거지원근) 似不常得(사불상득) 但當取山泉之淸潔者(단당취산천지청결자) 其次(기차) 則井水之常汲者爲可用(칙정수지상급자위가용)
> "옛사람들은 물의 품평을 혜산(惠山)의 물이 제일 좋다고 하였으나 거리가 멀어 늘 얻지 못하는 경우에는 산천의 청결한 물을 취하여야 한다. 그 다음은 우물물을 쓸 수 있는 것이다."

> 若江河之水(약강하지수) 則魚鱉之腥(칙어별지성) 泥濘之汙(니녕지오) 雖輕甘無取(수경감무취)
> "강과 하천의 물은 물고기 비린내가 나고 진흙탕의 더러운 물이니 비록 가볍고 달다고 하여도 취하면 안 된다."

이 책에서는《다경》과는 달리 강물은 차 달이는 데 좋지 않다고 설명하고 있다. 《다경》에서 말하는 양자강의 물은 흐르는 강물이 아니라 물이 말랐을 때 강에서 솟는 샘물을 말한다고 한다. 이것을 수중수(水中水)라고도 하는데, 우리나라의 섬진강 상류 쌍계사 부근에도 그러한 샘이 있다고 한다.

경함 합천 해인사의 장군수

한강 발원지인 태백의 검룡소

2.
《동의보감》과
《임원경제지》의 품천

《동의보감(東醫寶鑑)》

물의 첫째로 정화수(井華水)를 친다. 그건 성(性)이 평(平)하고 맛이 달며 독(毒)이 없기 때문이며, 하루의 새벽을 여는 천일진정(天一眞情)이 이슬이 되어 수면에 맺혔기 때문이다. 하여 병자의 음(陰)을 보(補)하는 약을 달일 때는 정(情)한 의원은 굳이 이 물을 쓴다.

둘째가 한천수(寒天水)로, 여름에 차고 겨울에 온(溫)한 물이 이것이다. 그러나 그 진짜는 닭 울음소리가 들리기 전의 것이어야 한다. 왕산에서 떠오는 물이 이것이다. 감히 이 물은 장복하면 반위(反胃, 胃癌)를 다스린다.

셋째가 국화수(菊花水), 일명 국영수(菊英水)로 불리는 물로 풍비(風痺)를 다스린다.

넷째가 엽설수(獵雪水)로, 간이 병들어도 이 물이면 낫는다.

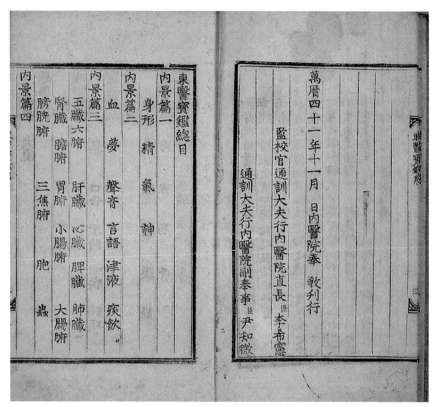

《동의보감(東醫寶鑑)》

　다음이 춘우수(春雨水) 즉 정월(正月)의 빗물이니 양기(陽氣)가 쇠한 것을 북돋게 하나 청명(淸明) 무렵과 곡우(穀雨) 때는 물맛이 변하니 이를 가려 써야 한다.

　다음 추로수(秋霜水)는 해 돋기 전의 것이어야 하되 뱃속의 균을 없애는 약을 짓고자 할 땐 오로지 이 물뿐이며, 다음 창독(瘡毒)을 씻는 데는 매우수(梅雨水), 허로(虛勞)를 낫게 하는 데는 감란수(甘爛水), 가려움증을 고치는 데는 벽해수(碧海水)로 벽해수란 곧 바닷물로서 이 바닷물을 끓여서 몸을 씻는다. 뼈

마디와 근육이 쑤시는 데는 온천수(溫泉水)이되 유황 내음이 나는 물을 쓰며, 편두통을 다스리는 데는 냉천수(冷泉水)를 사용하나 그 냉천의 바닥에는 반드시 백반이 있으니 목욕하는 철은 해가 져도 아직 땅 기운이 더운 유월과 칠월에 한한다. 그러나 밤에 목욕하면 편두통은 고치되 실어증을 얻거나 목숨을 잃는다.

그 외에 하빙(夏氷), 반천하수(半天河水), 천 리를 흘러온 천리수(千里水), 역류수(逆流水), 요수(療水), 그리고 머리를 감으면 머리가 자라며 머리카락 색이 검어지며 윤이 난다는 시루 뚜껑에 맺힌 물을 가리키는 증기수(甑氣水) 등이 있다.

《동의보감》은 우리나라 문헌 중 물에 대해 위의 내용 외에 약 30여 가지의 물에 대해 상세하게 설명하고 있다. 그러나 이는 차를 우려내는 것과는 거리가 먼, 많은 부분에서 약효를 높이는 물들을 말하고 있는 것이다.

《임원경제지(林園經濟志)》

조선 후기 실학자 서유구(徐有榘, 1764~1845)가 필사본으로 발행한 농서(農書)로, 차에 관한 많은 지식이 담겨있다. 이 중 차를 우리는 물에 대한 언급도 있는데, 이를 살펴보면 다음과 같다. 서유구는 《임원경제지》의 《이운지(怡雲志)》〈산재청공(山齋淸供)〉 중 '다공(茶供)'에서 차를 우려내는 물에 대해 다음과 같이 말하고 있다.

먼저 《다경》의 '기수(其水) 용산수상(用山水上) 강수중(江水中) 정수하(井水下)'의 내용을 인용하고 또 명나라 시기 서헌충(徐獻忠)이 좋은 물의 기준과 선택하는 방법, 그리고 유명한 샘물의 등급을 서술한 《수품(水品)》도 인용하였다.

그 내용은 다음과 같다.

瀑布水雖盛至(폭포수수성지) 不可食(불가식) 汎激撼盪(범격감탕) 水味
已大變(수미이대변) 失眞性矣(실진성의)
"폭포수는 비록 대단히 성대할지라도 먹으면 안 된다. 넘쳐 흐르고 부딪
쳐 요동치면 이미 물맛이 크게 변해 원래의 성품을 잃었기 때문이다."

瀑字從水從暴(폭자종수종폭) 蓋有深義也(개유심의야) 余嘗攬瀑水上源
(여상람폭수상원) 皆派流會合處(개파류회합처) 出口有峻壁(출구유준벽)
始垂挂爲瀑(시수괘위폭) 未有單源隻流如此者(미유단원척류여차자) 源
多則流雜(원다칙류잡) 非佳品可知(비가품가지) _《水品(수품)》
"폭(瀑)이라는 글자는 물 수(水)와 사납다는 폭(暴)에서 나왔으니 거기에
깊은 뜻이 있다. 내가 폭포수의 상류 근원을 살펴보았는데 모두 여러 물
줄기가 합쳐지는 곳에 출구인 가파른 절벽이 있어 비로소 그 물이 걸려
폭포가 되었다. 하나의 근원으로 폭포가 되는 경우는 없었다. 이처럼 근
원이 많으면 흐름이 뒤섞여 좋은 품질의 물이 될 수 없다. _《수품》"

즉 폭포수의 물은 별로 바람직하지 않다고 말하고 있다.

瀑水雖不可食(폭수수불가식) 流至下潭停涯久者(류지하담정애구자) 復
與瀑者不類(부여폭자불류) _《水品(수품)》
"폭포수 물은 먹을 수 없지만 흘러 아래 못에 이르러 오랫동안 모여 고인
것은 폭포의 물과 다르니 먹을 수 있다. _《수품》"

폭포의 물로 흘러 내려와 못에 오랫동안 머물러 불순물들이 침전되고 그 성질이 안정되면 찻물로 써도 된다고 말하고 있다.

> 泉出沙土中者(천출사토중자) 其氣盛涌(기기성용) 或其下空洞通海脈(혹기하공동통해맥) 此非佳水(차비가수) _《水品(수품)》
> "모래흙 가운데서 솟는 샘은 그 기세가 성대하게 솟는다. (이러한 샘 중) 혹자는 그 아래가 비어 바다와 맥이 통하는 경우가 있으니, 이것은 좋은 물이 아니다._《수품》"

이 경우는 바닷가의 우물에 물이 많이 솟는 경우를 설명하고 있는 것으로 보인다.

> 水以乳液爲上(수이유액위상) 乳液必甘(유액필감) 稱之獨重于他水(칭지독중우타수) _《水品(수품)》
> "물이 젖빛이면 상품이라 한다. 젖빛이 도는 물은 반드시 달고 계량해보면 무게가 더 나간다._《수품》"

이는 앞서 언급한 대로 도가(道家)나 고대 한의학의 이론을 응용하여 이처럼 말한 것이다. 그러나 석회성분이 많이 들어 있거나 다른 미네랄을 많이 함유한 물은 찻물로 적합하지 않다. 일부에서는 여기 나오는 '단맛'에 대하여 청량함의 표현이라고 하지만 이 부분에서는 그렇지 않다.

> 泉有滯流積垢(천유체류적구) 或霧翳雲翁(혹무예운옹) 有不見底者(유불

견저지) 大惡(대오) 若冷谷澄華(약냉곡징화) 性氣淸潤(성기청윤) 必涵內
光澄物影(필함내광징물영) 斯上品爾(사상품이) _《水品(수품)》
"샘물 중 흐름이 막혀 더러운 것이 쌓이거나 안개와 구름이 서려 바닥이
보이지 않는 것은 크게 나쁘다. 만약 차가운 계곡이 맑고 화려하며 그 성
질과 기운이 맑고 윤택하면서 빛을 머금어 사물의 그림자가 해맑으면 그
것이 상품이다. _《수품》"

  즉 샘물이 잘 소통되지 않고 오물이 있거나 탁하여 바닥이 보이지 않는
물은 좋지 않은 물이다. 여기서 샘물은 한국의 샘처럼 깊이 지하를 파서 솟
아오르는 물이 아니고 중국의 우물들처럼 우물 정(井)자 글씨처럼 구획을 짓
고 땅을 약간 파서 흘러들어오거나 솟아나는 샘을 말하는 것이다. 반면에
물이 차갑고 맑고 깨끗하면 좋은 물이라고 하였다.

  泉以甘爲上(천이감위상) 泉甘者(천감자) 稱之必重厚(칭지필중후) 其所
由來者(기소유래자) 遠大使然也(원대사연야) _《水品(수품)》
"샘물의 맛이 단 것을 상으로 친다. 단 샘물은 저울로 달아보면 틀림없이 일
반 물보다 무겁다. 그것은 흘러온 거리가 멀어 그렇게 된 것이다. _《수품》"

  이 부분은 현대의 개념으로 보면 맞지 않는 얘기다. 혹자는 여기 나오는
단맛이 시원하고 깔끔함을 표현하는 것이라고 말하기도 하지만, 여기서의
단맛과 비중이 무겁다는 것은 물속에 미네랄 함량이 높다는 것으로 볼 수
있다. 아직 어떤 성분의 미네랄이 차 맛을 좋게 한다는 연구는 없다. 앞으로
연구해야 할 부분이다.

유배중이던 추사가 초의의 차를 달여 마셨을
제주 대정의 우물. 지금은 물이 솟지 않는다.

泉水不甘寒(천수불감한) 俱下品(구하품) 易謂井洌寒泉食(역위정렬한천식) 可見井泉以寒爲上(가견정천이한위상) _《水品(수품)》

"샘물이 달고 차지 않으면 모두 하품이다.《주역》에서 '우물물이 차서 찬 샘물을 먹는다.'라고 했다. 즉 우물물이 찬 것이 상품이라는 이야기다. _《수품》

즉 우물물이 차가우면 땅속 깊은 곳에서 솟은 물이고 또 그 물의 교환이 새로워 맑고 좋은 물이라는 이야기다.

泉水甘寒者多香(천수감한자다향) 其氣類相從爾(기기류상종이) _《水品(수품)》

"샘물은 달고 차가운 것이 향기롭다. 그 기운에 따라 종류별로 다를 뿐이다. _《수품》

여기서 물의 향기는 지금 개념으로는 좋지 않은 물이다. '향기롭다'라는 표현을 '좋다'라는 말로 이해하면 그만이지만, 그 향기가 조금씩 다르다는 말은 과학적 사고방식으로 봐서는 잘못된 언급으로 보인다. 오늘날의 과학적인 기준으로 보자면 좋은 찻물은 무향무취하고 무미하여야 한다.

水泉初發處甚澹(수천초발처심담) 發于山之外麓者(발우산지외록자) 以漸而甘(이점이감) 流至海(류지해) 則自甘而作醎矣(칙자감이작함의) 故汲者持久(고급자지구) 水味亦變(수미역변) _《水品(수품)》

"샘이 처음 솟는 곳의 물은 담백하다. 산기슭 밖으로 나오면 점점 달아진다. 흘러 바다에 이르면 단맛에서 짠맛으로 바뀐다. 이 때문에 물은 길어 놓은 지 오래되면 맛이 변한다._《수품》

이는 물이 이동하면서 많은 성분이 물에 녹아들어 맛이 변한다는 것을 말하고 있다. 그러나 바다에 이르러 맛이 짜지는 것은 앞의 논리와는 별개의 사실이다. 그러나 물을 길어 오래 두면 맛은 변한다. 즉 침전 작용이 일어나고 공기와 접촉하여 성분변화가 일어나는 것을 짐작할 수 있다. 그러나 이것은 차 우려내는 물 이야기와는 좀 거리가 있다.

陸處士論水至確(육처사론수지확) 但瀑水不但頸疾(단폭수부단경질) 故多毒沫可慮(고다독말가려) 其云(기운) '澄浸不洩(징침불설)' 是龍潭水(시용담수) 雖出其惡(수출기악) 亦不可食(역불가식) _《水品(수품)》
"처사 육우가 물에 대해 논한 것은 지극히 정확하다. 다만 폭포수는 목병을 일으키고 독성이 있는 물거품이 있어 염려가 된다. 육우가 '맑게 잠겨 있어 새지 않는다.'라고 말한 것은 '용담수(龍潭水)'를 말한다. 비록 이물질을 내보냈어도 역시 먹을 수 없다._《수품》

육우는 《다경》에서 폭포수 물을 먹지 말라고 했다. 이는 여러 물이 섞여 있고 그 흐름이 빨라 충분한 침전과 여과가 되지 않은 물이기 때문이다. 그런데 목에 질환이 생긴다는 것은 구체적 설명이 없다. 육우의 추측으로 보인다. 또 맑은 물이라도 새로운 물이 들어오지 않는 형태의 샘은 이물질이 침전되어 있으므로 먹으면 안 된다고 하였다. 이는 상당한 과학적 근거를 내포한 말이다.

井水淳泓(정수순홍) 地中陰脈(지중음맥) 非若山泉天然出也(비약산천천연출야) 服之中聚易滿(복지중취이만) 煮藥物不能發散流通(자약물불능발산유통) 忌之可也(기지가야). 陸處士云(육처사운) '井取汲多者(정취급다자)' 止自乏泉處可爾(지자핍천처가이) 井故非品(정고비품) _《水品(수품)》

"우물물은 깊이 고여 있는 땅속의 음맥(陰脈)이다. 산속에서 흘러나오는 샘물과 같지 않다. 이를 마시면 속에서 뭉쳐 배가 그득하다. 약을 달이면 능히 펼쳐서 효능을 발휘할 수 없으니 피하는 것이 좋다. 육우가 '우물물은 많이 길어가는 것을 취한다.'고 했다. 이는 샘물이 부족한 곳에서 가능한 이야기다. 우물물은 본래 품등에 들지 않기 때문이다._《수품》

여기서 우물물은 깊은 곳의 지하수를 말하고 샘물은 산속 바위틈에서 솟아나는 석간수나 옹달샘을 말하고 있다. 그 당시에도 지하수는 이물질(異物質)이 녹아있을 수도 있어 이러한 언급이 있는 것 같다. 따라서 산속의 흐르는 샘물을 선호한 것이다. 그러나 아주 깊은 곳의 심층수는 전혀 다를 수 있고 대기 오염 등을 고려하면 지금의 현실과는 거리가 있는 이야기다.

移泉水(이천수) 遠去信宿之後(원거신숙지후) 便非佳液(변비가액) 法取泉中子石養之(법취천중자석양지) 味可無變(미가무변) _《水品(수품)》

"샘물을 옮길 경우 멀리 가서 하루 이상 묵히는 경우는 좋은 물이 아니게 된다. 방법은 샘물 속에 조약돌을 넣어두면 맛이 변하지 않을 수 있다._《수품》

예나 지금이나 좋은 물을 얻는다는 것은 쉬운 일이 아니었던 것 같다. 그

삼화령 올라가는 길의 약수. 삼화령은 신라의 충담스님이 매년 삼짇날과 중구일에 부처님께 차를 올리던 곳이다.

러나 물을 길어 오래 두면 침전 현상이 일어날 수밖에 없다. 침전물이 바닥에서 일렁이면 물이 탁해지므로 조약돌을 넣어 흡착시키는 방법을 말하고 있다.

서유구는 또 명나라 시대 전예형(田藝衡)의 《자천소품(煮泉小品)》을 인용하여 눈에 관해서 이야기하고 있다. 앞의 《수품(水品)》과 겹치는 부분을 제외하고 소개하며 고찰해 보기로 한다.

雪者(설자) 天地之積寒也(천지지적한야) 陶穀取雪水烹團茶(도곡취설수팽단다)

而丁謂煎茶詩(이정위전다시) : '痛惜藏書篋(통석장서협) 堅留待雪天(견

유대설천)'

李虛己建茶呈學士詩(이허기건다정학사시) : 試將梁苑雪(시장량원설) 煎動建溪春(전동건계춘)'

是雪尤宜茶飮也(시설우의다음야) 處士列諸末品(처사열제말품) 何耶(하야)? 意者以其味之燥乎(의자이기미지조호)? 若言太冷(약언태냉) 則不然矣(즉불연의)._《자천소품(煮煎小品)》

"눈은 천지간의 찬 기운이 쌓인 것이다. 도곡(陶穀)은 눈 녹인 물을 가져다가 단차를 달였다.

또 정위(丁謂)는 <전차(煎茶)>라는 시에서 '차를 책 상자에 보관해둠 너무 아까워 굳이 남겨 눈 녹을 때를 기다리누나.'라고 읊었다.

이허기(李虛己)는 <건차를 학사에게 드리며[建茶呈學士]>라는 시에서 '시험 삼아 양원(梁苑)의 눈을 가지고 와서 건계춘(建溪春) 좋은 차를 끓여 보시게.'라고 읊었다.

이 눈이야말로 차 마시기에 좋을 것 같은데, 육우가 물 중 가장 말석에 놓은 것은 무엇 때문인가? 내 생각으로는 그 맛이 건조해서 그렇지 않은가 한다. 만약 너무 차기 때문이라고 하면 그렇지 않을 것이다._《자전소품》"

《자전소품》의 이 글을 생각해 보면, 하얀 눈 오는 날 그 눈을 녹여 차를 마시는 것이 무척 풍취(風趣)가 있는 선비나 스님들의 차생활로 여겨진 것 같다. 그러나 그 당시에도 찻물로 적합하지 않다는 의견도 있었다. 사실 눈 녹은 물은 공기 중의 많은 이물질을 흡착하며 내리기 때문에 아무리 공기가 좋은 곳이라고 할지라도 찻물로 부적합하다. 더구나 대기 오염이 극심한 작금의 환경에서는 더욱 그렇다. 위의 글에서 '너무 건조하다.' 또는 '성질이 차다.'는 등의 이론은 현대 한의학에서도 인정하지 않는 경향이 대부분이니, 옛사람들의 사고방식으로 이해하고 놔두면 좋을 것 같다.

雨者(우자) 陰陽之和(음양지화) 天地之施(천지지시) 水從雲下(수종운하) 輔時生養者也(보시생양자야). 和風順雨(화풍순우) 明雲甘雨(명운감우) 固可食(고가식) 若夫龍所行者(약부룡소행자) 暴而霆者(폭이음자) 旱而凍者(한이동자) 腥而墨者及檐溜者(성이묵자급첨류자) 皆不可食(개불가식) _《煮煎小品(자천소품)》

"비는 음양의 조화로 하늘과 땅이 베푸는 것이다. 물은 구름에서 내려와 때를 도와 사물을 낳고 기르는 것이다. 포근한 바람과 때맞춰 내리는 비, 밝은 구름과 단 비는 식용으로 쓸 수 있다. 그러나 용이 지나간 것 같거나 사납게 쏟아지는 장맛비, 가뭄 뒤의 소나기, 비리면서 검은빛을 띠거나 처마 끝에 흐르는 빗물은 먹을 수 없다._《자전소품》

과거 대기 오염이 없고 현미경 등 과학이 발달하지 않았을 때는 이러한 말이 맞는 것처럼 여겨졌을 것이다. 그러나 대기 오염이 심한 지금의 실정으로는 빗물을 그대로 식용으로 쓰기에는 무리가 많다. 하지만 오늘날 우리가 먹는 수돗물도 빗물에서 출발한 것이다. 결국은 그 빗물을 어떤 방법으로 잘 정제해서 먹느냐, 그것이 중요한 관건이 되는 것이다.

凡水泉不甘(범수천불감) 能損茶味之嚴(능손다미지엄) 故古人擇水(고고인택수) 最爲切要(최위절요) _《茶譜(다보)》

"무릇 샘물이 달지 않으면 차의 깊은 맛을 손상시킬 수 있다. 그러므로 옛

사람들이 물을 선택하는 것을 가장 중요하게 여긴 것이다._《다보》"

여기서 '물이 달다.'는 표현이 추상적이어서 어떤 의미인지 정확하게 짐작할 수는 없다.

烹茶宜甘泉(팽다의감천) 次梅水(차매수) 梅雨如膏(매우여고) 萬物賴以滋養(만물뢰이자양) 其味獨甘(기미독감) 梅後便不堪飮(매우편불감음) _《茶譜(다보)》
"차를 끓일 때는 단맛이 나는 샘물이 좋다. 그다음은 배수 즉 매화가 필 무렵 내리는 빗물인데 마치 기름처럼 만물을 기르는 힘이 있는 빗물이다. 그 맛이 유난히 달다. 그러나 매화가 지고 난 이후의 빗물은 마실 수 없다. _《다보》"

烹茶(팽다) 水之功居六(수지공거육) 無泉則用天水(무천칙용천수) 秋雨爲上(추우위상) 梅雨次之(매우차지) 秋雨洌而白(추우렬이백) 梅雨醇而白(매우순이백) 雪水五穀之精也(설수오곡지정야) 色不能白(색불능백) _《羅岕茶記(나개다기)》
"차를 달임에 있어 물의 공은 열 중 여섯이다. 샘물이 없는 경우 빗물을 쓰기도 하는데 가을비가 가장 좋고 매화 피는 시기의 빗물이 그다음이다. 가을비는 차면서 그 색이 하얗고 매화 피는 시기의 빗물은 진하면서 희다. 눈 녹인 물은 오곡의 정기가 녹아있어 색이 흰색이 될 수 없다._《나개다기》"

《나개다기(羅岕茶記)》는 명나라 웅명우(熊明遇)의 차에 관한 책이다. 그 시기에도 좋은 샘물이 흔하지 않아 빗물을 사용하는 경우가 많았던 것으로 보인다. 그러나 대기 오염이 심각한 지금 이 견해는 받아들이기 힘들다.

이상으로 서유구의 《임원경제지》에 나오는 품천 부분을 살펴보았다.

실학의 영향을 받은 필자는 먼저 《다경》의 '기수(其水) 용산수상(用山水上) 강수중(江水中) 정수하(井水下)…'의 내용을 언급하고, 또 명나라 시기 서헌충(徐獻忠)이 좋은 물의 기준과 선택하는 방법, 그리고 유명한 샘물의 등급을 서술한 《수품(水品)》, 모문석(毛文錫)의 《다보》, 웅명우의 《나개다기》 등을 인용하였다. 그러나 현대의 품천과는 좀 거리가 있으며, 그 당시 차 달이는 물의 상황에 대하여 미루어 짐작할 수 있을 뿐이다.

3.
우리 다서의
품천

《다신전(茶神傳)》

《다신전》에 나오는 품천(品泉)의 내용을 해석하여 정리하면 다음과 같다.

① "차는 물의 신(神)이요 물은 차의 체(體)다. 참된 물이 아니면 신령한 차의 색향기미를 드러내지 못하며, 법도에 따라 만들어진 차가 아니면 물의 본질을 알 수 없다."

이는 차와 물 두 가지는 불가분의 관계로 둘 다 완전하지 않으면 좋은 차를 우릴 수 없음을 말하고 있다.

② "산꼭대기에서 솟는 물은 맑고 가벼우며, 산 아래서 솟는 물은 맑지만 무겁다."

이는 물이 지나오면서 많은 미네랄이 녹아있는 것으로 해석할 수 있다. 그러나 문장 자체로만 보자면 다분히 음양론에 근거를 두고 있는 말이다.

③ "돌에서 솟는 샘은 맑고 달며, 모래에서 솟은 물은 맑지만 싱겁다. 흙에서 솟는 샘은 담백하다."

이는 물에 녹아있는 광물질이나 함유 성분 때문에 그렇게 느껴지는 것이라 여겨진다.

④ "누런 돌 위를 흐르는 물이 좋고 푸른빛 나는 돌에서 솟는 물은 쓰지 않는다."

즉 광물질이 없는 물이 좋다는 것을 이야기한 것이다.

⑤ "흐르는 물은 고여 있는 물보다 좋다. 그늘진 곳에 있는 물은 햇빛이 드는 곳의 물보다 좋다."

이는 햇빛으로 물의 온도가 올라가면 미생물 번식이 더 용이해지므로 그를 설명한 것으로 보인다.

⑥ "나아가 봄철 또는 장마철에 근처에 산도 없고 샘도 없을 경우 빗물을 받아 두었다 쓰기도 한다. 빗물은 맛이 감화(甘和)하여 만물을 장양(長養)하는 물로 여긴다. 눈을 녹인 물은 비록 맑으나 성감(性感)이 중음(重陰)하여 간, 위에 들어가 냉기를 일으키므로 많이 쓸 것이 못 된다."

그런데 옛 차시(茶詩)에 눈 녹인 물로 차를 끓여 먹는다는 표현이 자주 나오는데, 그것은 대기오염이 없던 시기에나 가능한 것으로 보인다.

⑦ "참된 물은 맛이 없고 향도 없다."

이상의 내용을 종합해 보면 광물질이나 이물질이 녹아있지 않은 돌 사이에서 솟는 맑은 샘물을 제일로 하고, 빗물이나 강물들은 불가피한 경우 가려 사용하는 것을 이야기하고 있다.

《동다송(東茶頌)》

《다록(茶錄)》의 〈품천〉을 그대로 인용하여 "참 좋은 물이 아니면 차의 신을 나타낼 수 없고 참다운 차가 아니면 그 체(색향미)를 볼 수 없다."고 하였다. 이는 좋은 물과 좋은 차가 어울려야 제맛을 낸다는 의미로, 《다신전》과 큰 차이가 없다.

효당 최범술의 《한국의 다도》

《다신전》의 글을 그대로 인용하여 설명하였다.

석용운의 《한국다예(韓國茶藝)》

석용운은 《한국다예》 제2장 〈차 생활〉에서 품천(品泉)에 대해 이렇게 언급하였다.

① 고문헌 인용 : 《다신전》의 '품천'을 열거하고 《서역기(西域記)》에 나오는 '물의 여덟 가지 덕(德)' 즉 '가볍고, 맑고, 시원하고, 부드럽고, 아름답고, 냄새가 나지 않으며, 비위에 맞고, 먹어서 탈이 없는 것'을 언급하였다. 또 기

우자(騎牛子) 이행(李行, 1352~1432)이 말한, 우리나라 제일의 물은 충주 달천수(達川水), 줄째가 한강 우중수(牛重水), 셋째가 속리산 삼타수(三陀水)라는 평을 소개하고 있다.

② 물을 종류별로 구분 : 빗물이나 눈처럼 하늘에서 내려오는 물, 샘물, 강물, 우물물, 온천, 영천(靈泉), 약수(藥水), 양수(養水) 즉 정수기의 물 등으로 나누어 설명하였다.

현대적으로 가장 자세하게 설명된 물에 관한 이야기다. 그런데 약 25년 전의 저술로 오염이 급속히 진행되고 생활환경이 바뀐 지금에는 많은 고려가 필요하다고 하겠다.

박동춘의 《우리시대 동다송》

① 《다경》의 '석간수'와 '유천' 언급

② 당(唐)나라 장우신(張又新)의 《전다수기》를 인용하였다. "차가 자란 곳의 물로 차를 달이는 것이 가장 좋다."고 소개하고, "물을 떠서 옮기면 그 공(功)이 줄어든다. 그러나 차를 잘 달이고 용기를 정갈히 하면 물의 고유한 본성이 드러나게 된다."고 인용하여 언급하고 있다.

③ 명대(明代) 전예형(田藝衡)의 《자천소품(煮泉小品)》에 나오는 "산이 맑아야 물이 맑다. 산에서 나는 샘물은 지기(地氣)를 담고 있다."를 인용하여 좋은

경주 기림사의 오종수. 전설이 깃든 찻물이다.

산에서 나는 맑은 샘물을 언급하였고, 《동다송》에 나오는 초의스님이 언급한 '일지암 유천'을 말하고 있다.

④ 저자가 살고 있는 서울 산들의 샘물을 조사하여 샘물이나 채취 시기에 따라 차의 맛이 천차만별임을 밝혔다. 그것은 주변의 환경과 토질, 특히 샘물을 구성하고 있는 조건, 취수 시기, 날씨 등의 영향을 말하였다. 특히 대기나 토양오염의 심각함을 경고하고 있다. 그러나 자세한 도표나 샘물의 위치 및 평가는 언급하지 않았다.

4.
이 시대에
차 달이기 적합한 물

산업이 발달하고 대기와 토양 그리고 지하수의 오염이 계속되어 사실 요즘은 좋은 물을 만난다는 것이 참 힘들어졌다. 중국 무석 혜산천(惠山泉)의 물도 진즉 말라 오염되어 있는 것처럼, 달천수와 같은 우리나라의 유명한 물들도 그저 옛 명성에 불과할 뿐이다. 그러나 차의 제맛을 느낄 수 있게 우려내기 위해서는 물은 아주 중요한 부분이다. 그럼 요즘 우리가 얻을 수 있는 물들을 살펴보자.

오염되지 않은 산속 돌 틈 사이 솟는 샘물

차를 우려내기에 가장 좋은 물이다. 만나기 힘든 물이지만 기회가 되면 길어와 깨끗한 자갈을 항아리 바닥에 깔고 부어 두었다가 찻물로 사용하면 좋다. 그러나 일반적으로 말하는 약수는 수질오염 여부를 잘 알아보고 사용하여야 한다.

시중에서 판매하는 생수

시중에서 파는 생수는 대부분 오염되지 않은 지역의 지하수를 사용한다. 예를 들면 한라산이나 백두산의 지하수를 쓰는 것이다. 옛날 이론에 의하면 먼 거리를 이동해 와서 부적합하다고 말할 수 있으나, 그래도 우리가 쉽게 얻을 수 있는 깨끗한 물에 속한다.

정수기의 물

대부분 가정에서는 수돗물을 정수기를 사용해 정수하여 이용한다. 그러나 정수 방법이 회사마다 달라 어떤 정수법을 사용하였을 때 가장 차 맛이 잘 나는 것인가는 앞으로의 연구 과제이다.

수돗물

수돗물은 대부분이 빗물이다. 수원지의 물을 여과, 침전, 약품처리 하여 우리 가정으로 보내오는 것이다. 또 가정에까지 오는 동안 수도관의 노후로 인한 오염도 무시할 수 없다. 부득이하게 사용해야 할 경우에는 깨끗한 자갈을 바닥에 깔아둔 항아리에 하룻밤쯤 묵힌 뒤 사용하는 것이 좋다.

우물물

수도가 보급되지 않았던 시절에는 우물물을 많이 사용하였다. 그러나 지

하수까지 오염이 심한 오늘날에는 청정지역에 있으며 매일 사용하는 우물물이 아니면 수돗물보다 못할 수도 있다.

강물이나 빗물, 눈 녹은 물
과거와 달라 사용하면 안 된다.

에필로그

왜 차를
마셔야 하는가?

차를 왜 마셔야 하는가? 차는 이 시대에 도대체 무엇일까? 21세기 디지털 문명의 시대 알파고의 미래가 인간의 따뜻한 감성과 정서를 차디찬 기술의 매커니즘으로 잠식시키지는 않을까? 미래의 불안과 절망이 가득한 이 잔혹한 시대에 차는 무슨 의미를 지녔을까? 새삼 되묻는 질문이다.

세세한 답은 멀리하고, 내게 있어 차는 영혼의 목마름 정신의 갈증을 풀어주는 그야말로 감로수 한 방울이다. 거친 삶의 정서를 풍요롭게 해주는 활명수, 그리고 일상의 생을 윤택하게 해주는 나의 오래된 지기이며 연민의 따뜻한 속삼임 같은 향기이다.

더 나아가 불가의 삶 속에 절대적으로 필요한 신앙의 예물, 부처님께 올리는 보석 같은 공양물이다. 그리고 수행을 해나가는 나의 육신을 지켜주는 건강한 음료이다.

이루 헤아릴 수 없는 공덕과 신앙, 건강한 삶을 지켜주는 절체절명의 음료이다. 그런데 이 많은 차의 본질적인 의미에서 내가 지켜야 할 차 마시기의 본분사가 있고 다도(茶道, 茶禮)관이 있다.

차는 격식과 형식이 아닌 인간과 사회를 잇는 정신으로 잡아야 한다는 것이 나의 지론이다. 물론 형식과 격식 또한 중요하다. 《한국의 미》의 저자이자, 일제강점기 동아일보 기자를 하며 조선의 정신적 요람인 창경궁을 옮기려 했던 일제에 맞서 그 엄청난 재난을 막게 했던 일본의 지식인 야나기 무네요시(류종렬)는 이렇게 말했다.

"차를 차실(茶室)의 차로 머물게 하지 말고 좀 더 광활하게 일상생활에서 살려야 한다. 차정신은 행주좌와(行住座臥)에 살아 있어야 한다. 차인들의 차가 되어서는 안 된다. 인간 그 자체의 차가 되지 않으면 안 된다. 차가 차인의 차로 국한될 때 차의 역사에 위기가 도래했음을 알고 반성해야 할 것이다. 차는 반드시 생활이 있는 곳에 있어야 한다. 차는 일상의 차가 되어야 한다. 일상의 차가 바로 대도(大道)의 차인 것이다."

반세기가 훨씬 지난 이야기지만 그의 말은 이 시대에 있어서도 참으로 명쾌한 차의 담론이 아닌가! 그의 말 속에서 거대한 지난 세기와 문명을 관통하는 차 마시기와 차도의 정신을 엿볼 수 있다.

차는, 무대 위에서 화려한 차실에서 값비싼 그릇과 허영 속의 격식과 형식의 틀에서 해방되어야 한다. 차는 우리 일상의 삶으로 돌아와야 한다. 시간의 틀 속에 갇혀버린 현대인들에게 정신의 귀의처가 되는 생활 속으로 돌아와야 한다.

차는 빈약하고 감동을 주지 못한 거친 디지털 문화의 홍수에 빠진 우리

사회문화에 촉촉한 단비가 되어야 한다. 아직도 많은 사람들은 차가 마치 차인들만의 전유물인 것처럼 생각한다. 시간이 남아돌고 품위 있는 형식을 좋아하는 사람들만이 고아하게 즐길 수 있는 것이 바로 '차'로 인식된다.

차는 너무 고급스럽고 어렵고 복잡해서 아무나 할 수 없는 것이라는 생각이 팽배해 있다. 차의 일상화와 대중화를 가로막는 장벽인 것이다. 나의 지론은 차는 우리의 삶 속에 매일 매일 만날 수 있어야 한다는 것이다. 사무실에 작은 다실을 만들고 건설 현장에도 잡다한 서류와 용기가 들어 있는 사물함에 찻잔 하나와 차 한 봉지를 준비해두어, 언제든 차를 마시고 차 한잔에 마음을 나누면 그로부터 자연스레 화합과 조화가 일어난다. 우리에게 잊혀 가는 생활 공동체도 자연스럽게 복원될 것이다.

우리는 차를 단순히 기호음료인 차로 부르지 않는다. 도(道)라고 한다. 그래서 차도(茶道)인 것이다. 물질인 차 속에 정신의 도가 깃들어 있는 것이다. 그런 점에서 차 속에는 무궁무진한 우리의 삶을 연결하는 일상성이 있다. 우리 시대에 차는 바로 사람과 사람을 연결하는, 조직과 조직을 이어주는 '다리' 같은 역할을 해야 한다. 우리 시대의 차는 바로 여기서부터 출발해야 한다.

차는 정신과 육체를 동시에 함양시키고 발달시키는 조화로움을 갖고 있다. 차는 매우 과학적이고 신비하다. 차를 마셔야 하는 아주 중요한 이유는 차의 효능에 있다.

차는 머리와 눈과 귀를 맑게 하고 겨울에는 몸을 따뜻하게 하고 여름에는 서늘하게 만든다. 피곤함을 덜게 하고 술이나 독성이 있는 음식물을 섭취한

제주의 작비재 뒤뜰에서는 무이 노총수선, 우란갱 육계, 불수, 금봉환, 대만 청심오룡 등 희귀 품종의 차나무들이 자라고 있다. 구갱 품종의 차나무도 있는데, 송대 최고의 고승인 『벽암록』의 원오극근 선사와 『선요』를 남긴 대혜종고 선사가 법을 펼치던 경산사의 다원에서 들여온 차나무다.

사람에게 독성을 풀어주는 아주 좋은 효소가 들어 있는 것이다. 지극한 정성으로 제다한 좋은 차는 만병을 고치는 뛰어난 약성을 보유할 뿐만 아니라 인간의 육신을 젊게 하는 효능을 갖게 된다.

초의스님의 《동다송》의 여러 구절을 통해 차의 진정한 효능에 대한 가르침을 얻을 수 있다. 그 가운데 하나는, 수나라 문제가 지금 같으면 뇌종양이 있어 등극하기 전 너무나 고통스러웠는데 꿈에 한 스님이 나타나 차를 마시면 치유할 수 있다 하여 깨어나 스님이 시키는 대로 차를 달여 마셨더니 두통이 씻는 듯 나았다는 이야기이다. 또, 중국 명나라의 문필가 도륭의 《고반여사》에는 진짜 좋은 차는 갈증을 없애고 음식을 잘 소화시키며 가래를 제거하고 소변이 잘 나오고 눈은 맑게, 머리는 상큼하게 걱정을 씻겨 준다는 만병통치 같은 차의 효능을 전하고 있다.

차는 단순한 음료를 뛰어넘어 인간의 품성을 다스리는 최고의 가치를 지니고 있다. 차는 군자의 성품을 가지는 도를 담고 있다는 것이다. 차는 일상을 살아가는 인간에게 힘을 주고 삶을 즐겁게 만들기 때문에 마시는 것이다.

불가에서는 이른 새벽과 낮(사시), 저녁 예불 기도 때 한 번도 빠짐 없이 청수를 부처님께 올리는데, 다름 아닌 바로 차다. 부처님께 차를 올려 공덕을 쌓고 맑은 정신을 얻어 수행을 하고, 신앙을 일깨우는 차야말로 이 시대의 으뜸으로 마셔야 할 삶 자체이다. 왜 차를 마셔야 하는가, 그 이유가 여기에 있다.

추사가 초의에게 보낸 간찰을 판각한 목각. 산속에 살아도 마음이 평온치 못하면 그곳은 시장바닥이 되고, 반대로 시장바닥에 살아도 마음이 평온하면 산속과 다를 바 없다는 내용을 쓰고 있다.

오늘 과연 우리는
초의의 차를 마시고 있는가?

대도는 지극히 깊고도 넓어

가없는 바다와 같고

중생의 큰 은혜를 의지함은

시원한 나무 그늘을 찾는 것과 같다.

오묘한 이치는 밝고 역력한 것이다.

억지로 이름하여 마음이라 하는 것

어찌 감히 불근으로서

일찍이 해조음을 듣고서

황망히 군자의 방에 들어가

함께 진리를 말할 수 있으랴.

달빛도 차가운 눈 오는 밤에

고요히 쉬니 온갖 인연이 침노하네.

그대는 아는가? 무생의 이치를

옛날이 곧 오늘인 것을.

大道至深廣 如海活無尋 普作群有依 如樹覆涼陰

焉敢持不根 曾聞海潮音 況入君子室 共爲如實吟

月冷雪明夜 靜休諸緣侵 君看無生理 萬古卽長今

_ 초의선사, 〈우염창려운(又拈昌黎韻)〉

초의스님의 대도사상(大道思想), 깨달음의 경지가 잘 나타나 있는 게송이
다. 마음의 근원, 깊은 심지를 증득한 깨달음의 시이다.

그의 선림(禪林)은 넓고 깊어 목마른 자의 맑은 샘물이 되어 근원의 갈증
을 풀어주고 고단한 노동으로 지친 중생의 삶을 큰 나무 그늘에 기대게 하
여 달콤한 휴식을 주는 의지처가 되어주고 있다. 지도무란(至道無亂)하여 통
현명백(通玄明白)이다. 3조 승찬선사(僧璨禪師) 오도송의 경계와 같음을 엿볼
수 있다. 도에 이르는 일은 그리 어렵지 않고 모든 이치가 확 뚫려 티끌 하
나 없이 진공묘유(眞空妙有) 순수하여 그야말로 밝고 밝은 것이 통현명백이다.

대도무문(大道無門)이나 지도무란(至道無亂)은 역대 조사들의 한결같은 법의
지침이다. 오묘한 차도에 이르게 하는 길 또한 다도무문(茶道無門), 정해진 길
이 없어서 분별과 번뇌망상이 없고 집착이 없어 그 자유로움이 장자(莊子)의
붕(鵬)처럼 가없는 바다를 다 덮고도 무여(無餘)하고 청산을 휘감고도 원융무
애(圓融無碍)하여 걸림이 없다. 이처럼 대도와 다도는 무문하여 그 나아가는

길[法度]이 선다일여(禪茶一如, 茶禪一味)라는 하나의 길로 내통하고 있는 것이다. 모든 법[一切無爲法]은 다함[相]이 없이 무주(無住)하다.

나무를 팔아 노모를 공양하던 혜능(惠能)은 어느날 시장에서 한 스님이 금강경 구절을 독송하는 것을 듣고 담박에 발심출가하게 되어 훗날 5조 홍인의 법을 받아 중국 천지를 뒤흔드는 법왕이 되었다. 그 게송은 다름 아닌 응무소주이생기심(應無所住而生其心)이었다. 모든 세간의 가치 유루(有漏) 무루(無漏)의 법이 머무는 바 없이 마음을 내면 세상만사 온간 번뇌망상 집착불변의 상을 여위는 진리 아닌 것이 없다라는 법이다.

마음에 머무는 바가 없이 그 마음을 내면 수처작주(隨處作主) 입처개진(立處皆眞)이다. 곳에 따라 (어떤 경계) 어떤 장소 어떤 시간에 상하 구분 없이 높고 낮은 신분의 제약 없이 귀천빈부 없이 계급 없이 스스로 주인지어가면 일체처(一切處) 일체시(一切時) 어묵동정(語默動靜) 행주좌와(行住坐臥)가 다 진리라는 뜻이다. 이렇듯 초의스님은 마음에 머무는 바가 없는 차를 하였다. 일체분별을 내지 않는 순수무구(純粹無垢)인 차의 길을 가졌다.

자연에 어리는 무수한 사물들, 눈 온 밤 달빛도 차가운 밤, 강가의 떠도는 물안개와 저 강굽이에 자유롭게 유희하는 하얀 물새와 마주보며 소나무 속에서 우는 두견새와 대나무 숲을 흔드는 맑은 바람 소리와 휘감기는 구름에 벗하여 차를 마셨던 것이다.

하늘빛은 물과 같고 물은 이내 같도다.
이곳에 와서 논 지 이미 반 년
명월과 함께 누워 지내던 좋은 밤이 몇 번이던고

맑은 강에서 지금 백구를 마주하고 조네

남을 시기하는 것은 본래 마음에 없으니
좋다 궂다 하는 말이 어찌 귀에 들어오리
소매 속에는 아직도 경뢰소가 남아 있으니
구름에 의지하여 두릉천으로 또 차를 끓이네
天光如水水如烟 此地來遊已半年 良夜幾同明月臥 淸江今對白鷗眠
嫌猜元不留心內 毁譽何曾到耳邊 袖裏尙餘驚雷笑 倚雲更試杜陵泉
＿ 초의선사, 〈석천전다(石泉煎茶)〉

이 시에서처럼 시비분별을 초월하여 어둡고 혼탁한 무명(無明)의 세상 밖
으로 뛰어넘어 구름과 함께 노닐고 있는 차의 삶, 인간세상에서 일어나는
속된 감정인 희로애락(喜怒哀樂) 우비고뇌(憂悲苦惱)는 그저 뜬구름 같다는 것
이다. 우리가 그토록 집착하는 생사의 길은 한 조각 구름 일어, 그 일어난
구름이 사라져간다[一片浮雲起 一片浮雲滅]는 것이다. 그 구름이 일고 사라지는
일은 부운자체본무실(浮雲自體本無實), 본래가 실다운 것이 없는 허상, 허망한
환(幻)이라는 것을 초의스님은 차시(茶詩) 속에서 보여주고 있다.

또한 모든 사물은 본래 실다운 것이 없다는 경지, 그 산에 구름 일더니 그
산에 비가 내린다는 《금강경오가해(金剛經五家解)》의 소식을 초의스님은 차의
길 속에서 말하고 있다.

(전략)
영산으로 가져가 여러 부처님께 바치고자

차를 끓이면서 다시금 범률(우주만물의 근원)에 대해 곰곰이 생각해보네
알가의 참모습은 오묘한 근원에 이르게 하나니
오묘한 본질(근원)은 집착이 없는 바라밀이라네.

持歸靈山獻諸佛 煎點更細考梵律
閼伽眞體窮妙源 妙源無着波羅密
  _ 초의선사, 〈봉화산천도인사차지작(奉和山泉道人謝茶之作)〉 중에서

이 시는 또 무엇을 얘기하고 있는가? 차야말로 그 자체가 오묘한 근원에
이르게 하는 진리의 당체인데 그것조차도 무착바라밀이란다. 다시 말해 집
착하지 않는 마음에 머무는 바가 없는 순수진공의 소식, 한 조각 모든 세상
번뇌의 초절에 있다는 참모습 아닌가.

세상사 봄날 눈 녹듯 사라져버리는 것
뉘 알리오, 그 가운데 조금은 마멸되지 않는 것 있음을
가을하늘에 잠긴 밝은 달빛은
그 청화함이 이를 데 없구나
뛰어난 모습과 못난 모양을 누가 구분했던고
참된 것과 거짓이 원래는 없었던 것
생기지 않았으면 누가 가정을 분별했겠는가
향 올리는 것이 옛 인연 맺는 거라고 누가 말했나
두 개 풀었다가 두 개 찾아 더 찾을 것 없으니
동생동사를 말하지 말라

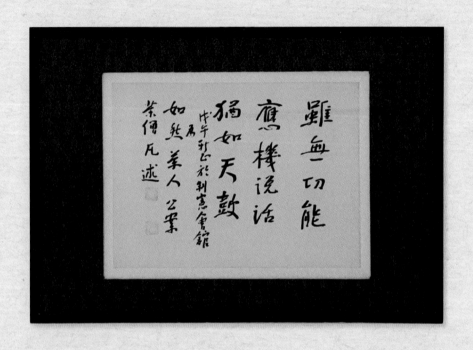

효당 최범술 스님이 제자 여연을 위하여 써주신 묵적

萬事從來春消雪 誰知個中自有一段難磨滅

秋空淨涵明月光 淸和難將比皎潔

殊相劣形誰擬議 眞名假號總元絶

始未相動那伽定 誰知香火舊緣結

雙放雙收沒處尋 同生同死休提挈

(중략)

바닥없는 바리때로 중향반을 높이 들고

몰근이로 무언설을 들으니

번뇌와 티끌이 붙을 곳이 없구나

누가 맑은 물에 다시 씻을 것인가

無底鉢擎衆香飯 沒根耳聽無言說

熱惱塵垢無着處 有誰更願濯淸洌

(중략)

법희공과 선열식으로 도철하는 무리들을

배불리 먹여줄 수 있겠냐고

法喜供禪悅食還將容饕餮

_ 초의선사, 〈기산이사다장구견증차운봉화겸정쌍수도인(起山以謝茶長句見
贈次韻奉和兼呈雙修道人) 중에서(쌍수도인=추사)

이 시에서 보여주는 대목은 발버둥치고 몸부림치는 세상의 일이 모두가
한낮 꿈속의 봄눈처럼 허망하여 다 스러진다는 것이다. 잘생기고 못생긴 것

감히 누가 말하고, 진짜 가짜와 화려함 거대함 또한 다 원래 무상한 것. 그러니 서로 죽자사자 달라붙을 것도 없고 헤어짐과 만남 또한 찾아볼 것이 못된다는 것이다. 저 아귀다툼하는 중생의 무리, 먹어도 먹어도 탐욕으로 들끓는 도철의 무리들까지도 배불리 먹여주는 환희심, 열락으로 가득한 선열의 차를 마시는 일이야말로 다도의 본원이며 다도삼매이며 초의스님이 차 마시는 참뜻이다. 그것은 선다일미의 경지이며 화경청적과 맞닿아 있다.

이 선다일여(禪茶一如), 화경청적(和敬淸寂)을 본원(本源)으로 하는 불가의 선다례(禪茶禮)는 스님들의 일상인 것이다. 스님들은 무사(無事)한 일상적인 생활 속에 차를 마시고 진리를 터득한다. 고려의 스님 충지(冲止)의 〈다연선탑(茶煙禪榻)〉 구절에도 '배고프면 밥 먹고, 졸리면 잠자고, 목마르면 차 마시는 일상의 다반사'가 잘 나타나 있다. 서산대사의 다음과 같은 시도 마찬가지다.

낮이 되면 한 잔의 차요
밤이 되면 한바탕 잠일세
푸른 산과 흰 구름과 함께
무생사를 이야기하네
晝來一椀茶 夜來一場睡
靑山與白雲 共說無生死

서산대사가 제자 천옥(天玉)에게 준 시이다. 이렇듯 차는 번잡스럽지 않고 소란스럽지도 않고 고요하고 맑다. 초의스님의 차살림도 그렇다. 그저 물 흐르듯 '수류화개(水流花開)'니, 봄이 오면 물이 절로 흐르고 스스로 꽃이 피는

송대의 천목다완

그 경지일 뿐, 어떤 속됨도 없이 담박하고 편하다.

초의스님의 차에 다가서면 다가설수록 고요하고 평온하다. 그 평안함은 안온한 적정, 포근한 잠과 같다. 차를 내면서 꿈자락처럼 아득한 몰아의 경지를 맛보게 한다. 아득하고 포근한 초의스님의 차살림은 이상적(李尙迪)의 〈읍다(挹茶)〉 시에 나타나는 '점다삼매(點茶三昧)'의 경지로도 살펴볼 수 있다. 추사의 제자인 이상적은 멀리 제주도에 귀양 간 그의 스승 추사를 위해 중국의 새 문물과 문방사우를 선물함에 감동하여 그에게 〈세한도(歲寒圖)〉를 그려준 일화로 유명한 인물이다.

찻잔에 차를 따르니

수많은 방울 찻잔에 일고

빛나는 물방울 구슬처럼 흩어지네

그 한 구슬은 한 분의 부처라네

뜬구름 같은 인생 손가락 한 번 튕기면 순간이고

천백억 화신 황홀하구나

이와 같이 천수천안이 열리고

깨닫고 보면 머리 끄덕이고

참선할 땐 함께 불자를 세우네

누가 부처이며 누가 중생인가

나도 없고 본래 한 물건도 없는 것을

망망한 항하의 모래 같은 중생을

두루 제도하기 위해 뗏목을 부르지 않네

물거품 환으로 일었다 없어지니

공과 색이 조각달에 잠겼구나

삼생은 집착의 그림자

좌선삼매가 어찌 마음 집중이겠는가

모든 인연 참됨 아닌 줄 깨달아

무엇을 기뻐하고 무엇을 말하겠는가

다경은 육우의 다도를 전하고

차 노래는 옥천자가 읊었다네

小盤挹茶水 千漚何蕩發 圓光散如珠 一珠一尊佛

浮生彈指頃 千億身恍惚 如是開手眼 如是分毛髮

悟處齊點頭 參時同竪拂 誰師而誰衆 無我亦無物

茫茫恒河沙 普渡非喚筏 泡花幻一嘘 空色湛片月

三生金栗影 坐忘何兀兀 萬緣了非眞 焉喜焉足喝

經傳陸羽燈 詩器玉川鉢

_ 이상적, 〈읍다(挹茶)〉

중생과 부처가 하나여서 본래 한 물건도 없는 본래무일물(本來無一物) 경계가 차를 마시는 경지이다. 이처럼 차와 삶이 하나가 되는, 그러면서 어떤 사물에 치우침이 없는, 찻자리에 찻그릇에 차실에 집착하지 않고 분별하지 않는 중정의 도를 공적영지(空寂靈知)에 바탕을 둔 차법을 초의스님은 실천하셨다.

그러면 오늘 이 시대 우리는 무슨 차를 마시고 있는가? 과연 초의스님의 찻자리를 하고 있는 것일까. 차 인구가 500만이 넘는 시대, 수많은 크고작은 차 조직 관련 단체, 재단, 문화원, 사단법인, 많은 생산자, 그리고 각 대학과 대학원에 차학과를 두어 이미 차와 연관된 석박사가 수없이 배출되며 국제무대에서 화려한 찻자리를 뽐내고 차문화 전통을 알리고 있는, 차문화가 넘치는 이 시대 우리는 무슨 차를 마시고 있는가. 초의스님의 이름으로 오히려 초의스님을 욕되게 하는 새로운 집착을 만들어내고 있는 것은 아닐까.

되돌아보고 되돌아볼 일이다.

일지암에 끝도 없이 흐르는 맑은 샘 하나 있어
그 물로 시방의 중생들 다 나뉘어 마실 수 있는데
그대들이여 표주박 하나씩 가져와
달 하나를 오롯이 건져 마음에 품어 가시게.
無盡山下泉 普供十方侶 各持一瓢來 總得全月去

* 이 글은 2011년에 한국차문화학술대회에서 기조강연했던 내용을 다시 정리한 것이다.

一瓢秉撼
浮全月玄

辛未元春拈得三日作
月印田書西泠山房

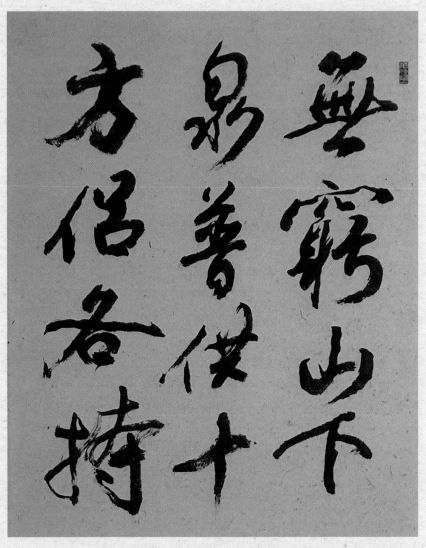

無窮山下
泉普供十
方侶各持

추사의 부친 김노경이 일지암을 방문한 날 초의스님이 쓴 유천 관련 시이다.

《동다송》관련 주요 연구해설서 목록(시대순)

1. 효당 최범술, 한국의 다도, 보련각, 1975.
2. 김봉호, 초의선집, 문성당, 1977.
3. 미당 서정주, 다경 동다송 다신전, 명원차회, 1980.
4. 김운학, 전통다도풍속조사, 문화재청, 1980.
5. 김운학, 한국의 차문화, 현암사, 1981.
6. 김두만, 다예총서(동다송 다신전 외), 태평양박물관, 1982.
7. 김명배, 한국의 다서, 탐구당, 1983.
8. 김봉호·김상현, 생활다예, 태평양박물관, 1984.
9. 응송스님, 동다정통고, 호영출판사, 1985.
10. 동국대 한국불교전서편찬위원회, 한국불교전서 제10책, 동국대, 1989.
11. 통광스님, 초의차선집, 불광출판사, 1996.
12. 정영선, 동다송(장원의 다록), 너럭바위, 1998.
13. 윤경혁, 다문화고전, 홍익재, 1999.
14. 김대성, 초의선사의 동다송, 동아일보사, 2004.
15. 윤병상, 다도고전, 연세대 출판부, 2007.
16. 류건집, 동다송 주해, 이른아침, 2009.
17. 송재소 외, 한국의 차문화 천년, 돌베개, 2009.
18. 송해경, 동다송의 새로운 연구, 지영사, 2009.
19. 석용운, 초의선사의 차향기, 도서출판 초의, 2009.
20. 김창배, 그림으로 보는 한국차문화, 솔과학, 2009.
21. 정민, 새로 쓰는 조선의 차문화, 김영사, 2011.
22. 원학스님, 향기로운 동다여 깨달음의 환희라네, 김영사, 2014.
23. 현봉스님, 솔바람 차향기, 도서출판 송광사, 2017.
24. 박동춘·이창숙, 초의의순의 동다송·다신전 연구, 이른아침, 2020.
25. 정민·유동훈, 한국의 다서, 김영사, 2020.
26. 전재인, 한국다도고전 동다송, 이른아침, 2020.